正行

2

张旭辉 著

陕西新华出版

太白文艺出版社·西安

图书在版编目（CIP）数据

正行. 2 / 张旭辉著. -- 西安：太白文艺出版社，
2022.1（2023.7重印）
ISBN 978-7-5513-2104-4

Ⅰ．①正… Ⅱ．①张… Ⅲ．①随笔－作品集－中国－
当代 Ⅳ．①I267.1

中国版本图书馆CIP数据核字(2021)第272381号

正行2
ZHENG XING 2

作　　者	张旭辉
责任编辑	史　婷
封面设计	王子沣
出版发行	太白文艺出版社
经　　销	新华书店
印　　刷	河北浩润印务有限公司
开　　本	787mm×1092mm　1/16
字　　数	210千字
印　　张	14.5
版　　次	2022年1月第1版
印　　次	2023年7月第2次印刷
书　　号	ISBN 978-7-5513-2104-4
定　　价	45.00元

自 序

人生就像看风景，不同的年龄段有不同的风景。

这是我的老领导张书省先生亲口告诉我的，我一直牢记在心。

能把这不同阶段的风景真实记录下来的恐怕就是写作了。除了吃喝玩乐、悲欢离合，还有我们每个成长阶段的心态。后来再读，就会发现不同年龄段中不同的风景与心理落差。

这十年，发生了很多事。酸甜苦辣咸，人生的起伏、悲欢冷暖都在我身边上演，个人的命运，大时代的变迁，日常生活中的蝇营狗苟、光怪陆离，很多时候来不及高兴与痛苦，就被时光的机器一扫而空。早年爱上层楼，为赋新诗强说愁；而今识尽人间愁滋味，却道天凉好个秋。前人的总结，和老领导的总结，呈现着同一个调调。

人生的路，不似我们向往的美好，偶尔一帆风顺，偶尔惊涛骇浪，更多的时间是极其无聊的，需要你给生活赋予不同的意义，在平淡中寻找亮点。现实世界，时光的机器太过残酷，有些苦痛，有时候连回味时间都不给你。你懂了，就暗自庆幸吧，老天还是眷顾你的，至少，看见这些文字的你啊，还好好地活着。就像我们一句俗语所说，能吃是福一样。能吃是一个即时的状态，说明你的消化能力和消化功能比较好，客观上也印证着你此刻的健康状态。

努力开拓自己的未来，实现伟大抱负，是每个年轻人的理想；少年得志的人到了中年，意象更加空阔，路途更多激流险滩，稍有不慎，便是粉身碎骨。历史上，早年就登上人生顶峰，却在中老年晚节不保的例子比比皆是。1941年12月7日，日本人偷袭珍珠港，美国损失惨重。随后，一纸电令，金梅尔上将被解职，这个从少将直接晋级上将的人曾让多少人仰望和美慕啊！在他后来的时光里，直到他离世，再也未能踏上战场，为荣誉而战，为自己重新证明。直到去世，再也没有人能认真倾听他的悲伤与愤恨。所以，古人总结，慎终如始。我想这话也一定是上年龄的人说的，人没有一定的阅历，是不会有如此深刻体会的。

　　宋时，一个晚辈拿了一篇文章给苏东坡看，请他评点。坡公说，娃呀，你这文章写得如同八十岁老翁，老气横秋。年轻人嘛，写文章就应该有年轻人的气势，让人读来意气风发。现在想想，坡公参加科举，欧阳修读他的文章，汗流浃背，连呼啧啧，直言二十年后，没有人记得起自己这个文坛领袖了。

　　可是，刚刚还在执笏，高唱大江东去的坡公，转眼就在叹息世事一场大梦，开始渴望他时归去，对一壶酒，一张琴，一溪云。坡公的天空，也如同欧阳修，要翻篇了。

　　人生的难与抉，绕不开。好似有些悲观，我们活着的意义何在？

　　看到这样一个画面，一头野猪，被一群野狗围攻，败退到水塘边。前面是虎视眈眈的野狗，后面是缓缓逼近、伺机而动的鳄鱼……

　　不敢再看，这和我们的人生何其相似啊！理想和现实之间，存在着巨大鸿沟。谁想找到真正的幸福，就必须穿越真正的痛苦，谁都知道那条理想之路的走法，却没有勇气走下去。不久前，有部电影《送你一朵小红花》，当中有这样一句台词，与现实很贴切，死亡随时可能到来，我们唯一要做的就是爱和珍惜。

　　今年，我们有一位领导要退休了，记者采访老领导张书省台长，张台说，人生能退休也是件很幸福的事，要好好珍惜。我们有好多同事，没有等到退休就去世了，让人十分难过！

　　是啊，一个人来到这个世界，都寄居天地间，弃身不复生，但时间的早晚由不了个人。

这些年，人类经历了地震、瘟疫、火灾、劫难，看到了太多的眼泪，经历了痛彻心扉的悲伤，亲身体会到了活着的艰难，学会了懂得与慈悲。

前不久，采访陕西师范大学年近八旬的王国杰教授，他告诉我说，人过四十要知命，要构造属于自己的内心世界。人生越往后，越是活自己，就像王阳明先生所说的身外无物。王教授总结得真好，我想，这就是道家所提倡的构建属于自己的小周天吧。正行的意义在于不必仰望别人，自己亦是风景，这个世界没有人永远优秀，更没有谁永远平庸。生活的归宿，不是我们有什么，还要得到什么，而是我们是否活得坦荡，活得安然。

珍惜眼前吧，把握好我们的人生方向与节奏，过好属于我们的每一分每一秒！

张旭辉

2021 年 1 月 15 日

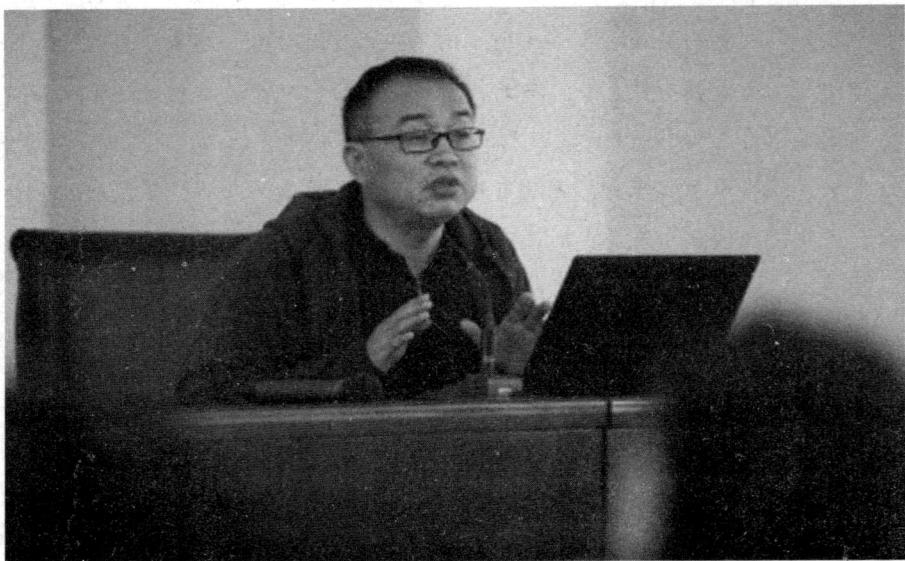

张旭辉 男，1971年生，陕西长安人。从事新闻工作二十多年，曾先后任《陕西都市热线》《陕西都市快报》等电视栏目制片人。除热爱新闻工作外，还喜欢历史和写作，先后发表散文集《正行》《回望长安》《永恒瞬间——咱们的抗战》等作品，达百万字。

目录

行万里路

·读万卷书·

不知命无以为君子。

——孔子

家乡樊川文武盛地
承载着厚重的中华文化和悠悠乡愁

　　樊川，位于西安城南三十里。樊川夹在少陵原与神禾原之间，东南起自王莽街道稻地江村，西北止于韦曲上塔坡村。这里原是杜县的樊乡。汉初，赐樊哙食邑于此，川因以名。这里有条河叫潏水，是长安的"八水"之一，这条河也是一条有名的倒淌河，自东往西流。樊川本名浚宽川，汉初，始曰樊川，唐时又名华严川。贞观十四年（640），唐太宗李世民率众臣畋猎于此。

　　樊川川原相连，绿树成荫，花卉竹木园林别墅星罗棋布，自然景色十分

故乡村前的小路

优美，古代就是名胜之地。北宋名相寇准《忆樊川》中说他"高秋最忆樊川景，稻穗初黄柿叶红"。这是记忆中的美，无可替代。要说看夕阳，别说淡水河畔还是苏格兰海岸，我们的樊川晚浦自古闻名。大诗人李白笔下的"流光灭远山"说的就是这里；玄宗李隆基曾站在原头看夕阳晚照、无限美景；李商隐说这里"北阙千门外，南山午谷西；倚川红叶岭，连寺绿杨堤"；康熙时《咸宁县志》樊川晚浦条载："南崖神禾，北崖杜陵，沿崖出泉最多。墅馆亭榭与林烟相间，渔歌樵唱、雁阵鸥行、入晚尤佳，为城南第一名胜。"

　　自古以来，这里就是皇室和达官贵人的度假胜地。汉代起就有人在樊川修建别墅，到了唐代更甚。作为外戚，韦家在长安炙手可热。《新唐书·宰相世系表》统计，城南韦家共有十七人任宰相。"城南韦杜，去天尺五"中的"韦"说的就是韦曲的韦家。这里除了韦安石家大量的房产外，还有塔坡的何将军山林，申店李氏园亭和刘希古别墅，郑谷庄的郑虔之居，韩店韩愈送子读书处，樊村牛僧孺郊居，以及郑驸马池台，岑参、郎士元、权德舆、元稹等人的别墅，其声名之大，家居之多，令人瞠目。著名诗人杜甫在这里居住了十三年，这里有早于成都的"杜公祠"。居住在成都，他还日日怀念居住过的樊川，思念他的桑麻田。想想看，这么多名人曾住在这里，这里是不是非同一般？

杜公祠

樊川更是诗人杜牧的出生地，少年时期，他就曾在樊川的少陵原畔读书，一百年前，他的读书洞还保留完好。成年后，他远离家乡去江南做官，对家乡的思念成了他的一种情愫。有一天，我在看扬州当地地图，竟然还找到了一个樊川镇，惊得我差点掉了下巴。杜牧怀念家乡，"余固秦人兮，故园秦地"。开篇就是对故园的思念，催人泪下。之后的笔墨更是让人充满怀念与感伤："余之思归兮，走杜陵之西道。岩曲天深，地平木老。陇云秦树，风高霜早。周台汉园，斜阳暮草。……月出东山，苔扉向关，长烟苒惹，寒水注湾。远林鸡犬兮，樵夫夕还。织有桑兮耕有土，昆令季强兮乡党附。怅余心兮舍兹而何去，忧岂无念，念之为何？"……后人评价杜牧的这篇文章，故园之景如历历在目，则见念之深重也。陶渊明《归去来兮辞》亦有如是之言。而此写法又不囿于故园，念人亦有之。此情此景，回望樊川，让人向往又感伤。一千多年前的思乡之文中的故乡，读来仿佛昨日之真切的故园。

牛头寺侧柏

辗转半生，杜牧晚年又回到了这里，他再不走了，他爱这里，他要永远地融化在这片土地，与之合二为一。从此，樊川多了一位四处游荡，眼里看什么都看不够的"樊川居士"。他站在自家门前，抬眼就是巍巍秦岭，侧目就是鸟语花香，耳畔有潺潺流水。"南山与秋色，气势两相高。""下杜乡园古，泉声绕舍啼。"他的文集也称为《樊川集》。他说只有如此，才能"顾樊川一禽鱼、一草木无恨矣，庶千百年未随此磨灭邪！"当然，他最后也实现了自己的愿望，与家乡合二为一，实现了他"万世在上兮百世居后，中有一生兮孰为寿夭"的愿望。

除了名人云集，樊川更是佛教圣地，这里两侧的原畔建有八座著名寺庙：兴教寺、华严寺、兴国寺、牛头寺、云栖寺、禅经寺、洪福寺和观音寺，合称"樊川八大寺"。直到近代，城南最美的地方还是牛头寺周边。

1923 年，郑南屏先生陪康有为来西安，他们一行站在韦曲原上眺望樊川，赞叹道："神禾少陵两原对峙，中间潏水，山庄连接，桃柳遍野，恍如武陵之桃花源焉。"民国时期的牛头寺周围，种了很多的牡丹等花卉，加上川道上有很多成片的水田，每年的三四月份，鸟语花香，繁花似锦，这里成了游客们必去的场所，所谓城南景色最佳处。这在后来担任民国教育总长的傅增湘和张伯驹先生笔下，都有生动的描述。

樊川之美，古来共谈。这里的山水养育了我，这里的文化也熏陶了我。我去牛头寺摸过痒痒树；与小朋友们爬原跑到华严寺塔下，摸着杜顺和尚的碑喘气；跳进清清的潏河里捉螃蟹；在玄奘法师的安葬地绕塔；在朱坡少陵原最高处看夕阳……所到之处都是文物古迹，碑刻诗文，当时不觉得，现在想来，这是多么让人神往的事啊！2021 年 7 月，儿子去碑林参观，我告诉他说，你去拍一下杜顺和尚纪念碑，那个碑我摸过，

现藏碑林的华严寺杜顺和尚行记碑

你爷爷摸过，你太爷爷摸过，没准咱们更老的祖辈也摸过，这是多么神奇的事啊！也许只有生活在这样的环境里的人，才有着这样的与众不同的体验。岁月流逝，更加怀念。

我思念樊川的乡间小路和阵阵稻香，思念耳畔不绝的蛙鸣与温柔的晚风；我怀念小村庄的暮霭青烟、垄上的黄牛和那时隐时现的寺庙塔尖；我怀念长

辈们呼唤离家的幼儿的喊叫、村头的灯火与秦腔的苍凉；我怀念滔滔潏水日夜不息地奔流和我们在水里摸鱼的欢笑……如今，小伙伴们去了哪里，如今的樊川，再多的回忆也载不动我的乡愁与怀念。

悠悠樊川

苏东坡北归

元祐八年（1093）十月，宋哲宗的奶奶高太后去世。那年九月，苏东坡刚刚以端明殿学士的头衔出任河北定州知州。高太后在世时，很器重苏轼两兄弟，一直保护兄弟俩不让他人欺负。现在高太后离世，苏东坡兄弟俩在朝中失去了保护，很快就被一贬再贬。

到了绍圣四年（1097），苏东坡在广东惠州的贬所都待不成了。哲宗下令，苏东坡再贬海南儋州安置。六月，坡公起程前往海南。

苏东坡画像

一、沉着痛快

北宋时期，被放逐海南仅次于遭满门抄斩。那天，坡公与前来送行的长子苏迈诀别，安排后事。同时，他还给广州太守王古留了一封信，信中说："某垂老投荒，无复生还之望，今到海南，首当作棺，次便作墓……"

十多年前，黄州寒食节，他独自卧床，心如死灰。那年他四十五岁，还算年轻，有翻盘的希望，现在六十多岁了，垂垂老矣，已没有任何生还的希望。

苏东坡《木石图》

但死神好像尚未关注到这位生命力极强的老人，到了海南，他食芋饮水，交友著述，在困窘中寻找自在，喝醉了找不到家，"但寻牛矢觅归路，家在牛栏西复西"。 在"食无肉、病无药、居无室、出无友、冬无炭、夏无寒泉"的无边苍凉里保持乐观。不久他惊奇地发现，就连原先的白头发都变黑了。这让他把儋州当成了自己的第二故乡："我本儋耳氏，寄生西蜀州 。"坡公是个适应性很强的人，知道走到哪座山，就唱哪座山的山歌。可是，潜意识里，他一直没忘记北归。

来到海南第三年的某日清晨，坡公对陪伴自己的小儿子苏过说："我决不为海外人，近日颇觉有还中州气象。"为了应验自己的预言，坡公洗砚磨墨，对苏过说，不信我现在开始写我平生所作八赋，当不脱误一字。

写完一查，果然全对。坡公那天很兴奋，他坚定地告诉儿子："吾归无疑矣！"

事实证明，这一次，他预感很准。元符三年（1100）正月，宋哲宗去世。

消息传到海南时，已经是三个月后了。又过了一个月，新即位的徽宗皇帝下令大赦，坡公复任朝奉郎。朝奉郎为文散官，秩正六品上。

六月，坡公向海南的父老乡亲一一道别，感谢在海南三年里大家对他的照顾。

要回家了，给亲友送点啥好呢？当时的海南非常贫瘠，也没有啥好礼物送给自己的学生亲友。好在被贬期间，他发现海南多松，他利用这些松枝做了好多写字用的墨，质量与新罗进贡给朝廷的不相上下，堪称绝优，他把数百枚精墨小心地装在船上，满怀希望地迎接新生活的到来。

想想坡公也挺可怜的，自己在蛮荒受苦，贫无立锥之地，发生台风时一夜之间家当全无，风雨里坐一夜到天亮，六十四岁的老人了，离开海南时，还想着给亲友送点啥，实在是个有赤子之心的人。坡公如此热爱人生，向往未来，真让人敬佩！

那一天是元符三年（1100）六月二十日，坡公在海南写下最后一首诗《六月二十日夜渡海》，随即北归中原。上船前，他养的大狗乌嘴兴奋异常，还扑到水里游了一阵子，让船上返回大陆的人们开心极了。那个北归起程日子的欢笑，留在了历史上，也深深刻在了坡公的记忆里。

"参横斗转欲三更，苦雨终风也解晴。云散月明谁点缀？天容海色本澄清。空余鲁叟乘桴意，粗识轩辕奏乐声。九死南荒吾不恨，兹游奇绝冠平生。"人说这是坡公晚年最好的一首七律。在他看来，无论怎样的凄风苦雨，总有晴天的时候，暴风雨骤停的这一刻天海澄明，心与天、海融为一体，毫无纤尘，人生的苦难全然放下、超脱，留下的只是"奇绝"，用明代大儒王阳明的话说，这一次"事上练就是练心"可称为"心灵蹦极"，九死南荒，绝冠平生。只可惜，这一场三更天的暴风雨，让他把准备回中原走亲访友用的精墨损失殆尽，只有这件事让老头有点遗憾。我暇日暗想，现代科技如此发达，有探险队要是捞出坡公的这

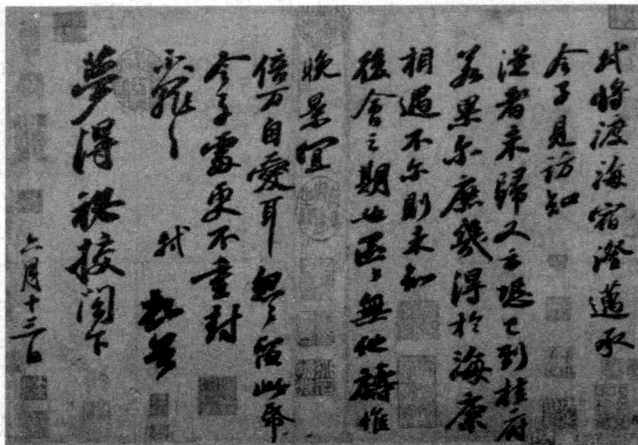

苏东坡《渡海帖》

些精墨，这些东西恐怕也是国宝了吧！

回归前，坡公曾给海南一名当地的学生写了封信，被称为《渡海帖》。后来，坡公的弟子黄庭坚看到他的《渡海帖》时，只说了四个字"沉着痛快"。用这四个字来表述坡公当时回归的心情，太精确了！

二、探望秦观

坡公渡海上岸的第一个地方是雷州半岛，上岛后探望的第一个人就是他的弟子秦观。坡公遇难，他的"苏门四学士"（黄庭坚、秦观、晁补之、张耒）也没能幸免，秦观是四人中最坎坷的一位，他先是出任杭州通判；行在路途再贬处州，任监酒税之职；后来又徙郴州，编管横州；最终被贬到雷州。

在雷州，坡公得与弟子秦观盘桓数日。秦观比苏轼正好小一旬，这一年才过天命之年，政坛失意对他的打击太大，令他十分敏感、悲观，见到恩师，他给先生看的不再是他那灵光四射缠绵悱恻的小令，而是一篇《自作挽词》："藤束木皮棺，槁葬路傍陂。家乡在万里，妻子天一涯。孤魂不敢归，惝惝犹在兹。"这些悽惶无比的句子，绝望至极。坡公安慰这位才思敏捷、思虑缜密的弟子："某亦尝自为志墓文。"

气氛沉重，谈话也变得很无趣，师徒二人匆匆作别，没想到很快就传来噩耗，那个曾写下"两情若是久长时，又岂在朝朝暮暮"的翩翩天才少年与世长辞。坡公闻少游噩耗，两日为之食不下咽，恸哭不已："少游不幸死道路，哀哉！世岂复有斯人乎？"

也许是因为性格原因，秦观远没有自己的老师修为深厚，看多了冷眼与人情反复，一直郁结于心。其实在这一年，他也得到了解放，复命为宣德郎，放还横州。宣德郎也是文散官，为正七品。但是他一直不能解脱，两人见面后不久就卒于广西藤县这个地方，年仅五十一岁。弟子的死对暮年的坡公打击很大，他反复吟诵这位高才弟子晚年之作，感怀万端："郴江幸自绕郴山，为谁流下潇湘去？"他将这首词写在扇面之上，在后面又写下了这样的追悼之词："少游已矣！虽万人何赎？高山流水之悲，千载而下，令人腹痛。"

反过来想，在自己生命最后的日子里得见恩师，这也是秦观不幸中的大幸。

三、集结广州

刚到雷州半岛仅一个月，朝廷的指令来了，命令苏东坡去永州安置。这个永州就是柳宗元写《永州八记》的地方，位于湖南省永州市。原以为过了海峡，他就可以和弟弟苏辙携手北归，谁知道苏辙接到的指令是去往湖南洞庭湖边的一个地方，兄弟俩还没见上面，苏辙就出发赴任了。谁知道刚走到汉口，苏辙又得到新的任命，恢复自由身，可以自由行动了。汉口离子女所在的颍昌很近，一合计，苏辙就决定去颍昌子女那里定居。出发前给哥哥苏轼写了封信，叮嘱哥哥恢复自由身后，来颍昌和他一起养老。

这边坡公接到去湖南永州赴任的命令后，也没敢耽搁，立即起程北上。这一路，他在所经过的城镇，都受到特别的礼遇和招待，甚至可以称之为胜利归来式的高规格欢迎。每一个地方都有朋友和仰慕者包围着他，引他去游山游庙，请他题字。坡公一行从沿海城市廉州北上梧州，他曾经盼咐孩子们在那里等他。他到达时，发现儿媳和孙子们还没到，并且贺江水浅，乘船直往北到湖南行船不易。他决定走一条长而弯曲的路：回广州，再往北过大庾岭，再由江西往西到湖南。

十月，坡公到达广州。由于连日赶路，迎来送往，疲惫积郁，他终于病倒了，这是他回程路上的第一次生病。好在儿孙绕膝，聊慰愁绪。这一次距离上一次全家团聚已过了七年光景。七年时光，儿孙成行，这些都让坡公释怀。

跨海北归，除了自然衰老，坡公身体尚好，可以说是比较硬朗。一家团聚后，神清气爽，很快他的身体就得以康复。广州是一个大都会，富饶奢靡非海南可比，名刹宝寺，诗书文章，美酒佳肴，应有尽有。提举广东昌平的孙璐（字叔静）是苏轼老友，十五岁入太学就得到坡公的提携，他的两个儿媳一位是晁补之的女儿，另一位是黄庭坚的女儿，与坡公更是渊源深厚。坡公在广州，如鱼得水，欢快异常，他的孩子气又一下子萌发了。在孙叔静家"饮官法酒、烹团茶、烧御香、用诸葛笔"，让坡公大感快意。

人生是一场苦难与幸福交织的行程，几起几落的坡公对苦难和欢乐比任何人理解得都要透彻。在诸多"北归喜事"之中，他最快慰的竟是一支用顺手的毛笔，为此还专门写下《书孙叔静诸葛笔》："久在海外，旧所赍笔皆腐败，至用鸡毛笔。拒手狞劣，如魏元忠所谓骑穷相驴脚摇镫者。今日忽于孙叔静处用诸葛笔，惊叹此笔乃尔蕴藉耶！"魏元忠是唐朝武则天时的一个宰相，他曾自比骑破驴下来时脚镫缠脚的狼狈，坡公用典信手拈来。一支顺手好用的毛笔对他来说都非同寻常！

没办法，坡公太有才了，他一提笔就仿佛一场风雨大幕的隆隆开启。《文说》中，他这样描述自己："吾文如万斛泉源，不择地皆可出。在平地，滔滔汩汩，虽一日千里无难。及其与山石曲折，随物赋形，而不可知也。所可知者，常行于所当行，常止于不可不止，如是而已矣！其他，虽吾亦不能知也。"由此看出，坡公舒卷自如，畅快淋漓，真若仙人下凡。坡公在中国乃至世界文学史上就是一座高峰，一颗宇宙中最闪亮的星，我们后来的人，需要仰望。

四、诀别吴复古

美好的日子总是如此短暂，旦夕的祸福谁又能预料。坡公可能也想不到，这是他生命中最后的欢快的日子。每每看他在广州寻欢作乐，我就忍不住想让时间过得慢一点，让坡公再开心一点，仿佛我能操纵时间一样。

唉，人生总是天在算。坡公这边还在惦记去永州赴任呢，朝廷的敕令又下来了，可以自由居住。

他们一行就又出发了，前方的目的地：南雄。这一大家人，有少妇有婴儿，一起乘船还没走多远，九十多岁的吴复古拄着拐杖领着一群和尚又追上来了，和这位大诗人在船上逗留了几天。一生漂泊，喜欢云游的吴复古这次再也走不动了，生了病，很快去世，这让坡公很难过。临死时，坡公拉着他的手间："哥哥，您还有什么嘱托？"吴老微微一笑，闭上了眼睛。

吴复古，字子野，号远游，瞧他取的这号就知道他的兴趣爱好。吴老生于北宋真宗景德元年 (1004)，逝于徽宗建中靖国元年 (1101)，今汕头市龙湖区人。吴老自幼聪颖，任侠好义，以博学多才、精通经典，被荐举为孝廉，宋神宗年间被封为皇宫教授。他治学严谨，刚直不阿，深得一代鸿儒司马光、韩琦等的器重。吴老大坡公三十多岁，两人是忘年交，常常一起切磋学问，谈禅说道。吴老厌恶官场上的尔虞我诈，淡泊仕途，以孝养为由，上表告退。

回到潮州后，吴老对妻子说："黄卷尘中非我业，白云生处是我家。"告别妻儿，他来到潮阳县（今潮阳市）的麻田山里，建了一座岁寒堂，作为自己读书养性之所。坡公被贬江南，其他人唯恐避之不及，只有吴复古不管不顾，不仅与坡公常有书信往来，还经常跑去看他，开导他。这给在患难中的坡公极大的安慰与支持。

现在，大哥去世，坡公悲痛万分，要知道，患难中的情谊有多珍贵。

"急人缓己，立其渴饥，道路为家，惟义是归，卒老于行，终不自非。"坡公在《祭子野文》中，高度评价了自己这位老朋友、老大哥吴复古高尚的一生。

五、金陵惊变

吴复古去世了，再难过，也不能忘记赶路，毕竟还有一大家子人呢。

徽宗建中靖国元年（1101）正月，苏东坡穿越大庾岭，在山北赣县停留了七十天。

坡公去世一百多年后的南宋时期，江西吉水人曾敏行《独醒杂志》里记载了这样一篇趣闻："东坡还至庾岭上，少憩村店。有一老翁出，问从者曰：'官为谁？'曰：'苏尚书。'翁曰：'是苏子瞻欤？'曰：'是也。'乃前揖坡曰：'我闻人害公者百端，今日北归，是天佑善人也。'东坡笑而谢之，因题一诗于壁间云：'鹤骨霜髯心已灰，青松夹道手亲栽。问翁大庾岭头住，曾见南迁几个回？'"

一路北上，诗情豪迈，岭南七年，坡公在困厄中顽强生存，再次踏上大庾岭。时正早春，南国早梅子已然结子，坡公不免心动，作《赠岭上梅》："梅花开尽百花开，过尽行人君不来。不趁青梅尝煮酒，要看细雨熟黄梅。"以品格高洁的梅花自喻，既不和"杂花"一起开，也不和"行人"一起来，冷静沉着，识时审势；不在梅子未成熟时就急急忙忙去尝青梅煮酒，而是"要看细雨熟黄梅"。这首诗可以看作坡公遇赦北归后内心世界的写照。

那七十天的时间，他太忙了。一大家人在那里等船，好几个孩子生病，六个仆人死于瘟疫。停留的那些日子，坡公不仅忙着给人题字，还身体力行，给病人看病、配药。他的时间常常由不了自己，总有一大堆绫绢和纸在等着他。他再累也不想驳大家的面子，总是欣然应允，他确实也喜欢写。等天色渐晚，他要急忙回家时，人们只好求他写几个大字。所有去求他墨宝的人，都称心满意而归。

建中靖国元年（1101）三月，坡公由虔州出发，经南昌、当涂，五月一日，坡公一行抵达金陵。

在金陵，坡公写信给钱世雄，求他在常州城内为自己找房子住。这个钱世雄是坡公的至交，他谪贬黄州的时候，钱氏就去看过他，写下了"黄泥坂西春欲回，雪堂万木连云栽"的诗句。坡公之所以写信给钱世雄，是因为当时钱在苏州做通判，离常州很近。好些人说钱氏是坡公的布衣好友，其实不对，人家钱氏也在官场，曾任户部检法官。

其实坡公在写信给钱世雄之前，还一直意志坚定地想去和弟弟一起安家颍昌呢。但到了金陵之后，他有些犹豫不决，因为他得到消息说，那年正月，向太后去世了。

之前保护他的高太后是宋英宗的皇后，现在保护他的是宋神宗的向皇后，高太后去世，他被一贬再贬；哲宗去世，向太后下令，让他北返中原。现在，向太后去世，起用旧臣的政策恐怕有变。

坡公一个在皇帝身边工作过多年，历经大风浪的老臣，怎么会对这些变局无动于衷？他敏锐地感觉到时局已变，他们的命运又会发生巨变，凶多吉少，弟弟子由养老的颍昌距离京畿太近，不宜去安家。坡公给子由写了一封长信，把他们不能聚首归咎于天命。在致苏辙的信中，他是这样说的："兄近已决计从弟之言，同居颍昌，行有日矣。适值程德孺过金山，往会之，并一二亲故皆在座。颇闻北方事，有决不可往颍昌近地居者。事皆可信，人所报，大抵相忌安排攻击者众，北行渐近，决不静尔。今已决计居常州，借得一孙家宅，极佳。浙人相喜，决不失所也。更留真十数日，便渡江往常。逾年行役，且此休息。恨不得老境兄弟相聚，此天也，吾其如天何！然亦不知天果于兄弟终不相聚乎？"一生豁达的坡公，到老对政局的动荡避之唯恐不及，敏感异常，从神宗到哲宗再到徽宗，党争阴影持续不散，此时跻身时局，无疑飞蛾赴火，他自己还好说，怕的是连累亲人朋友。他是文坛领袖，政坛元老，他的安危关系着太多人的命运。他告诉弟弟苏辙说，情况既然如此，他自然只好定居在常州。待家庭安定之后，他再让苏迈去任新职，他和另外两个儿子则在太湖地区的农庄上居住。写这封信的时候，苏东坡在仪真等待孩子们前来迎接，他就住在船上。

事实证明，坡公的判断极其准确。同年七月，坡公病逝于常州，八月，新皇帝宋徽宗又开始新一轮的对元祐党人的迫害，司马光、苏东坡等二十余人子弟不许在京城做官，同时有一大批官员受牵连贬去更远的地方。

只可惜，苏子瞻苏子由两位中国文化史上的双子巨星再未团聚……

六、沉疴日重

北归路上，苏轼遇到了一位和自己一样被贬官天涯的刘安世。坡公比刘安世大九岁，这一次相见，两人天涯沦落，百感交集。刘安世是司马光的弟子，与坡公政治观点不太一致，平时交往不多，关系一般。刘安世身材魁梧高大，脾气倔强，说话声如洪钟，作为谏官，这哥们有时和皇帝也据理力争，被皇帝痛骂时他一言不发，皇帝消气后他又继续开口争执，殿上大臣们也面面相觑，给他起了个外号叫"殿上虎"。元祐时期，坡公与安世同朝，二人多有龃龉，坡公讥讽刘安世为"把上（乡巴佬）"。没承想十年后，两个性格迥异的政坛对手在北归路上成了很好的旅伴。从江西一路往北，有刘安世做伴，二人一路唱和，对彼此也有了全新的认识。苏轼由衷敬佩安世历经磨难矢心如一，称他为"铁人"；安世也觉得坡公"浮华豪习尽去，非昔日子瞻矣"。刘安世后来活到了宣和七年（1125），七十八岁去世，没有经历北宋灭国之灾，也是万幸。政和二年（1112），苏辙去世，刘安世还为苏辙写了墓志铭。我私下想，给苏辙写墓志铭的时候，他是否想到他十年前和坡公一起北归的幸福时光？

一路走来，到达江苏境内后，坡公先到金陵去崇因禅院向观世音还愿，南迁之初，苏轼曾来此许愿："吾如北归，必将再过此地，当为大士作颂。"这次到来，苏轼如愿写了《观世音颂》。现在看来，这里的观音还是挺灵验的。在金山寺，坡公再次见到了老朋友程之远和钱世雄，他们一起登上妙高台。在这里，坡公看到著名画家李公麟所画的自己的像，激动万分，自题一诗于其上："心似已灰之木，身如不系之舟。问汝平生功业，黄州惠州儋州。"这是他毕生的总结，自嘲中隐含着力量。岳希仁《宋诗绝句精华》评价，这是诗人生命最后阶段的作品，精练概括了他一生的悲惨境遇。一代文豪，英才天纵，回首往事，唯存贬谪，其遭际之坎坷遂成千古伤心事。

坡公给弟弟回完信，就在仪真等待孩子们前来接他。他住在船上，那年夏季非常热，太阳照在岸边的水上，湿气自河面上升，他觉得十分闷热、难过。六月初三，他得了大概是阿米巴性的痢疾。他以为自己喝冷水过多（啖冷过度），也可能是一直喝江水的缘故。第二天早晨，觉得特别软弱无力，于是停止进食。因为他自己是医生，就买黄芪来吃，服后感觉好得多了。中医认为黄芪是很有力的补药，能补血、补内脏各经，是衰弱病症的好补药。

米芾当时也在仪真，他来看望坡公。两人一起在船上讨论米的画作，其时坡公已是病体沉重，米芾伺候坡公吃药后才依依不舍地离开。坡公在给米芾写的九封信中，把自己的病描写得很明白。一封信他这样写道："昨夜通旦不交睫，端坐饱蚊子尔。不知今夕如何度？"米芾送来一种药，是麦门冬汤。

米芾是宋四家之一，一手好字，画作也十分了得。坡公比米芾大十四岁，两人也属忘年交。早年，米芾喜爱坡公的书法，还专门临摹学习过。元丰五年（1082），坡公因乌台诗案被放逐黄州的时候，米芾不远万里去上门求教，两人在东坡雪堂填词作画，互相唱和，好不快乐。打从认识起，坡公一直把米芾当好友故旧，米芾则对他十分敬仰。在船上坡公读了米芾送来的一篇赋之后，他预言米芾的名声已经屹立不摇，虽然二十年相交，对他所知，实嫌不足。

在另一封信中，坡公流露出的情感真堪为中国文人真诚交往的经典标本，"岭海八年，亲友旷绝，亦未尝关念。独念吾元章迈往凌云之气，清雄绝俗之文，超妙入神之字，何时见之，以洗我积岁瘴毒耶！今真见之矣，余无足言者。"

谁能读得出这是出自一位行将离世老人的手笔？二人惺惺相惜，这段交往应该是苏轼晚年最值得称道与纪念的。六月十一日，坡公病体稍愈，此时米芾也将进京，告别之时，坡公坚持下床，抱病扶杖相送于陋屋之下。

后来，坡公去世，米芾听闻后悲痛不已，饱含深情写下《苏东坡挽词五首》表达哀思，怀念老大哥。在他看来，坡公"道如韩子频离世，文比欧公复并年""招魂听我楚人歌，人命由天天奈何"。在米芾心中，苏东坡于他是韩愈、欧阳修，是孔融、贾谊，他感激东坡的提携和培养，他推崇东坡卓越的才华和崇高的品格，他也感慨两人相似的志趣和多舛的命运。

七、继续往北

六月十二日，坡公一行从仪真出发渡江过镇江。

此时，朝野上下关于苏轼行将入相的传言甚嚣尘上。坡公自海外归来即将到达镇江的消息传开，数千百姓来到江边，打算一睹这位朝廷新宰相的风采。坡公哭笑不得，修书辟谣。

到了镇江，坡公由于病情严重，开始拒绝会友。但在这期间，他收到了政敌章惇儿子章援的一封信。曾经坡公为主考官时，他亲自以第一名取了章援，所以按一般习惯上说，章援应当算是苏氏的门生，那大概是九年以前的事。

章援此次南下，是因为父亲章惇被放逐雷州，这个时间恰好与坡公返回雷州的时间相同。章援目睹父亲对苏东坡的所作所为，他也知道苏东坡这种人物随时会再度当权，所以他给老师写了一封长达七百字的信。这封信写得言辞哀婉，分寸火候俱佳，章援委婉地提到苏东坡若有辅佐君王之时，一言之微，足以决定别人的命运。章援生怕苏东坡会以他父亲当年之法施之苏东坡者，再施之于他父亲。章援盼望能见苏东坡一面，或者得他一言，以知其态度。赵彦卫《云麓漫钞》详细记述了这段公案："先生得书大喜，顾谓其子叔党曰：'斯文，司马子长之流也。'命从者伸楮和墨，书以答之。"章援若是以为坡公会向他父亲寻仇，他就大谬不然了。其实坡公在遇赦北归的路上，就听到章惇被放逐的消息。有一个人叫黄实，与苏章两家都有亲戚关系，他是章惇的女婿，同时又是苏子由第三个儿子的岳父。坡公听到章惇被贬谪的消息，写信对黄实说："子厚得雷，为之惊叹弥日。海康地虽远，无甚瘴。舍弟居之一年，甚安稳。望以此开譬太夫人也。"坡公的高义，不是简单地可见一斑。作为一个正常的人，人生的很多灾难竟是由于人祸引起，并且狠毒到天地不容，这得需要多大的功力，多长的时间才能消解啊！像章惇这样对待一个老朋友的，更是让人无法理解。难得坡公竟心平气和、态度从容。过去近一千年，人们想起坡公，推崇他，佩服他乃至敬仰他，确是因为他的所作所为是我们一般人都做不到的。

他给章援的回信如下："某与丞相定交四十余年，虽中间出处稍异，交情固无所增损也。闻其高年，寄迹海隅，此怀可知。但已往者，更说何益？惟论其未然者而已。主上至仁至信，草木豚鱼所知也。建中靖国之意，又可恃以安……所云穆卜，反复究绎，必是误听纷纷，见及已多矣，得安此行为幸。见今病状，死生未可必。自半月来，食米不半合，见食却饱。今且连归毗陵，聊自憩我里。庶几少休，不即死。书至此，困惫放笔，太息而已。（1101年）六月十四日。"

据说，坡公给章惇之子章援写的这封信在章家珍藏很多年，见之者评价"此纸乃一挥，笔势翩翩"。字如其人，书乃心声，行将离世的苏轼心里不存一丝污垢。

这是苏轼最后一封书信，是写给曾经疯狂迫害甚至欲置自己于死地的政敌的儿子，心中没有一丝仇恨和怨气，没有幸灾乐祸的揶揄，苏轼真的是超然之人了。林语堂先生在其《苏东坡传》中这样评价："圣法兰济,也是生在那同一世纪的伟大人道主义者,他若是看了这封信,一定会频频点头赞叹。"基督徒林语堂大概从这封信里读出了别人读不出来的滋味,他把这封信看作是"人道精神的文献"。坡公不会想到,千年之后有此知音。话说回来,坡公不与人计较,章惇在这一点认知上和坡公相差甚远,他先是被贬武昌军节度副使,又贬雷州司户参军,再贬舒州团练副使、越州团练副使,可以说这些地方和坡公的海南比,不知道好哪里去了,又没有瘴毒。只是章大人心高气傲,低不了这个头,忍不下这口气,竟在贬所挂(死)了,年七十一岁。他的晚年,回忆起整苏东坡等人的过往,结合自己的现状,不知作何感想?

六月十五日,病体稍安的苏轼继续上路,坐船循运河去往常州,那是他准备归隐的地方,没想到他的生命就是在自己心仪处结束。苏轼坐在船舱里,头戴小冠,身穿背心,运河两岸站满了百姓,大家渴望一睹苏学士的风采,坡公回头对同行的客人说道:"莫看杀轼否!"这样的场景在魏晋名士风流的时代曾经有过,坡公之后就再难以得见了。

尘世留给坡公的时间不多了,他预感大去之期已不远,好友钱世雄几乎每隔一天就去看他。他在南方时,钱世雄不断写信捎药物给他。现在回常州了,感觉稍好一些,坡公就让儿子苏过写个便条去请钱世雄来闲谈。一天,钱世雄到时,发现坡公已不能坐起来了。坡公告诉钱说:"我得由南方迢迢万里,生还中土,十分高兴。心里难过的是,归来之后,始终没看见子由。在雷州海边分手后,就一直没得再见一面。"过了一会儿,他又说:"我在海外,完成了《论语》《尚书》《易经》三书的注解,我想以此三本书托付你。把稿本妥为收藏,不要让人看到。三十年之后,会很受人重视。"然后他想打开箱子,但是找不到锁匙。钱世雄安慰他说:"你的病会好的,不用急。"在那一个月里,钱世雄常去探望。坡公最初与最后的喜悦,都是在写作上。他把在南方所写的诗文拿给钱世雄看时,两目炯炯有神,话也多,似乎忘了一切。有几天,他还能写些小文札记题跋等,其中一篇是《桂酒颂》,他把这一篇送给钱世雄,知道他的好友会悉心珍藏的。七月十五日,他的病况恶化,夜里发高烧,第二天早晨牙龈出血,觉得身体特别软弱无力。他自己

苏东坡最后一次到常州登岸的地方

海南儋州东坡书院

分析症状说，他的病来自"热毒"，即所谓的传染病。他相信只有让病毒力尽自消，别无办法，用各种药进去干涉是没用的。他拒绝吃饭，只喝人参、麦门冬、茯苓熬成的浓汤，感觉到口渴，就饮下少许。他写信给钱世雄说："庄生闻在宥天下，未闻治天下也。三物可谓在宥矣，此而不愈则天也，非吾过矣。"钱世雄要给坡公几种据说颇有奇效的药，但他拒不肯服。七月十八日，坡公把三个儿子叫到床前，说："我平生未尝为恶，自信不会进地狱。"他告诉他们不用担心，嘱咐他们说，子由要给他写墓志铭，他要与妻子合葬在子由家附近的嵩山山麓。几天之后，他似乎有点起色，叫两个儿子扶他由床上坐起，扶着走了几步，但是觉得不能久坐。

八、著力即差

回到常州之后，好友钱世雄为他租了一栋房子。他要做的第一件事，就是向皇帝上表请求允许完全退隐林下。宋朝官员的退休制度是，朝廷将退休的官员任命为寺院的管理人，处于一种半退休状态。苏东坡现在被任命为故乡四川省一个寺院的管理人，管理庙产。当时有一种迷信，官员若有重病，辞去官职，有助于病的痊愈，也能延年益寿。

连日来，他的病缠绵不愈，一直没有胃口，始终卧在床上。

七月二十五日，康复已然绝望，他在杭州期间的老友之一维琳方丈前来探望，一直陪伴着他。此时苏东坡已经不能坐起来，他让维琳方丈在他屋里，以便说话。《纪年录》中这样记载："径山老惟（维）琳来，说偈，答曰：'与君皆丙子，各已三万日。一日一千偈，电往乃能诘。大患缘有身，无身则无疾。平生笑罗什，神咒真浪出。'琳问神咒事，索笔书：'昔鸠摩罗什病亟，出西域神咒，三番令弟子诵以免难，不及事而终。'并出一帖云：'某岭海万里不死，而归宿田里，有不起之尤（忧），非命也耶！'盖绝笔于此。"面对死亡，苏轼相信老子所说："吾所以有大患，为吾有身。及吾无身，吾有何患？"

宋徽宗建中靖国元年（1101）七月二十八日，他的病迅速恶化，据《东坡纪年》记载，坡公去世之际是"闻根先离"，即失去了听觉，当时维琳和尚对着他的耳朵大声喊道："端明宜勿忘。"和尚提醒苏轼不要忘了西方极乐世界，苏轼回答："西方不无，但个里著力不得。"在一旁的钱世雄跟着喊："至此更须著力。"苏轼答曰："著力即差。"这是苏轼最后的话。

苏轼至死都是清醒着的，他知道既然像鸠摩罗什那样的高僧在生命结束之际诵经求生都是徒劳，苏轼愿意乘风归去，无牵无挂。建中靖国元年（1101）七月二十八日，坡公去世，享年六十六岁。

北归中原，一走就是一年。这是坡公生命中最后的一年，走在回程的路上，也是走向生命峰巅。这一年苏轼完成了从庙堂到乡野、从繁华到质朴的终极追求，走出了是非、恩怨和执着。苏轼死在建中靖国元年是他的福分，他去世后的第二年，也就是徽宗崇宁元年（1102），党祸再起，崇宁三年（1104）他的名字被刻上元祐奸党石碑。他去世二十六年后，北宋覆灭。他历经磨难，但毕竟不是亡国灭天下的倾天之难。他逝去了，中国文化史上再没有出现这样的人物。

林语堂先生的《苏东坡传》这样结尾："我们一直在追随观察一个具有伟大思想、伟大心灵的伟人生活，这种思想与心灵，不过在这个人间世上偶然成形，昙花一现而已。苏东坡已死，他的名字只是一个记忆，但是他留给我们的，是他那心灵的喜悦，是他那思想的快乐，这才是万古不朽的。"

|神秘的宋太祖誓碑，究竟刻了什么？

《续资治通鉴长编》里记载了这样一件事，说北宋仁宗庆历年间，晁仲约在高邮任知军（统理府州的军事长官），遇到强盗张海率众将从高邮经过。晁仲约认为凭自己的实力无法抵御这伙强盗，就晓谕城中百姓，让富商大贾拿出金银布帛和牛羊美酒，摆在城外，犒劳强盗。张海兵不血刃得了东西，果真没有为难百姓就绕城而去。

宋太祖赵匡胤画像

事情过后，谏官弹劾晁氏，说他纵容强盗，大臣富弼更是火上浇油，极力主张杀掉晁仲约。仁宗皇帝也很生气，电光石火之际，副宰相范仲淹站了出来，他说："祖宗以来，未尝轻杀臣下，此盛德之事，奈何欲轻坏之？"仁宗皇帝听后，也觉得在理，就放过了晁仲约。躲过这一劫的晁仲约后来又当上了兴州太守。

到了神宗年间，苏东坡因

为乌台诗案，被捕入狱，有人添油加醋，欲置坡公于死地。这个时候，已退休赋闲在南京的王安石上书神宗皇帝："安有圣世而杀才士乎？自太祖始，未尝杀士大夫矣。"尽管王安石不喜欢坡公，但在大事上一点不含糊。于是，坡公得以从轻发落，贬为黄州团练副使。

学者统计，北宋九朝，包括徽宗皇帝在内的前八位皇帝均未诛杀过大臣、言官。到了南宋，只有高宗朝诛杀过宰相张邦昌、枢密副使岳飞，宁宗朝刺杀平章军国事韩侂胄，此外，再也未见朝廷诛杀大臣、言官的记载。这是中国历史上其他朝代简直无法比拟的。

事实证明，有宋一朝，君臣们谨奉宋太祖的誓约、治国理念。从另一个角度也可以印证，这个太祖誓约确实存在。那么问题来了，这太祖誓碑上到底刻着什么呢？

北宋每个新皇帝即位都要诵读誓碑

据记载，宋朝的每一位皇帝就职后，都要到太庙的一间密室中去，瞻仰宋朝的建立者、太祖赵匡胤当年所立的一块誓碑。北宋立国一百六十七年，看过这块石碑的仅八人，连南宋的建立者高宗赵构都不曾看过。

据传为南宋陆游的《避暑漫抄》中记载说，这块石碑密刻于建隆三年（962），也就是赵匡胤即皇帝位三年的时候。这块石碑刻好后，立于太庙的夹室之内，用销金黄幔遮蔽，任何人不得入观。

宋太祖规定，每年四季祭祀先祖和新皇帝即位时太庙之门方可开启。皇帝谒庙礼毕，只允许一名不识字的小黄门跟随，其余陪同人员只能远立于庙庭中，不得窥视。皇帝行至碑前再拜，跪瞻默诵，然后再拜而出，群臣及近侍都不知所誓何事。

靖康元年（1126），靖康之变，宋廷罹难，京城被劫，太庙中祭器都被金人席卷而去，大门洞开，人们方得一睹此碑尊颜。只见这块誓碑高约七八尺，阔四尺余，上刻誓词三条：一、柴氏子孙有罪不得加刑，纵犯谋逆，止于狱中赐尽，不得市曹行戮，亦不得连坐支属。二、不得杀士大夫，及上书言事人。三、子孙有渝此誓者，天必殛之。

后世评价，宋朝的太祖誓碑是中国历史上最应不朽的名言。这是在人治独裁制度下所能达到的最好的、最开明的，也是最有效的制度安排。难能可贵的是，宋朝历代皇帝都能认真对待誓碑上的要求，让太祖的这几条中国封建历史上最为开明的政策，得到了切实执行。从人类文明的高度上说，这是有宋一朝三百多年的大宪章，也是同时代世界各国中最开明的大宪章，它从根本的制度上确保了宋朝之所以成为中国文明的最高峰。

可以说"皇帝与士大夫共治天下"是太祖誓约的核心思想，在中国历史上产生的积极作用不可估量，对于今世也有相当的借鉴意义。大学者陈寅恪曾总结说："华夏民族文化，历千年之演变，造极于赵宋之世。"

当面顶撞皇帝 大将军竟被毙杀于朝堂之上

小说《三国演义》中，罗贯中描述湖北当阳长坂坡，猛张飞一支丈八蛇矛，喝退曹操十万精兵，让读者们看得畅快淋漓。实际上，《三国志》中这样记载："飞据水断桥，瞋目横矛曰：'身是张益德也，可来共决死！'敌皆无敢近者，故遂得免。"看《三国演义》，这艺术夸张也太大了，人家只是不敢近前而已，哪来的吓死夏侯杰？

江山代有才人出，各领风骚数百年。今天，我不说张飞，我想给大家介绍一位隋朝的大将史万岁。他的人生高光时刻是开皇三年（583），突厥阿波可汗与隋军作战，多次激战双方互有胜负。隋军主将窦荣定向阿波可汗提出，士兵有什么罪过，何必让他们互相残杀呢？咱们两军各选一位勇士决斗比个胜负吧！阿波可汗答应了，他派了一名军中的骑将勇士进行挑战，窦荣定派出了史万岁出马应战。

比赛当天，双方的战鼓刚刚擂响，史万岁就"斩其首而还"。来去一阵风，让当场所有的突厥人都惊呆了，他们军中的勇士一个回合没到便殒命当场。突厥大惊，不敢再战，即请议和而退。

那一年，史万岁给突厥人心中永远地留下了一个恐惧的烙印。要知道，历史上这种勇士单挑定胜负的事是非常罕见的。就凭此战，史万岁就够资格勇冠三军了。

史万岁（549—600）

七年以后，突厥达头可汗率军再犯，史万岁率军迎战。在大斤山，达头可汗派遣使者问："隋将为谁？"骑兵回报："史万岁也。"达头可汗心头一惊，忙令部下退兵。来不及了，哪能说走就走，史万岁率军"大破之，斩数千级"，胜利而归。

史万岁与韩擒虎、贺若弼、杨素三人并称隋朝四大将。历史记载史万岁为京兆杜陵人，父亲为北周的官员，史万岁十五岁随父从军，少年英武，长于骑射，好读兵书，北周末年的时候，他已经因功被授予上大将军了。谁知到了隋朝初年，大将军尔朱绩谋反事发，史万岁受到牵连，被发配到敦煌，成了一名戍卒。

开皇三年（583），史万岁以戍卒的身份单挑突厥猛士，扬名立万，被授上仪同，兼车骑将军。

隋朝统一天下以后，江南很多豪族造反。开皇十年（590），史万岁带领两千兵马从浙江金华一带进击，转战千里，道路险阻，就连隋文帝杨坚都以为他挂了。谁知道他经历大小七百多战，击破叛军无数，再次凯旋。杨坚赞叹不已，觉得史万岁勇猛难得，赏赐给他十万钱。

开皇十七年（597），西南少数民族首领爨翫反隋，史万岁再次披挂出征。隋军行数百里，经过当年诸葛亮纪功碑，见其背刻铭文："万岁以后，胜我者过此。"史万岁令左右将碑倒置，继续向西挺进，渡洱海，攻下关，转战千余里，破西南羌族三十余部，俘二万余人。诸羌大惧，爨翫只好再度请降。

史万岁遣使飞骑上奏，请将爨翫入朝，隋文帝准其所奏。

史万岁作战勇猛，长于军事，在政治上却并不成熟。开皇二十年（600），史万岁二战突厥，大破之，斩杀数千，又继续跟踪追入沙漠数百里，获胜而归。谁承想，杨素妒忌史万岁，报告皇帝史万岁追击的是一群放羊人，真正的突厥军队早跑了。皇帝杨坚偏听偏信，相信了杨素等人的话。等到班师回朝，史万岁向皇帝申请要给手下将士论功行赏之时，被皇帝当场否决。你有来言我有去语，话赶话冲撞了皇帝，当着文武百官的面，杨坚下不来台，竟当场命令手下武士处死史万岁。

可怜史万岁，血溅朝堂。

当时，杨坚刚刚搬进大兴城不久，朝堂之上杀人，实在是大凶。历史轮回，后来，杨素的儿子杨玄感作乱，杨氏一门被抄斩，也算冤冤相报。

其实，下令毙杀史万岁没几分钟，隋文帝杨坚就后悔了，赶紧派人下令刀下留人，但赦死之诏未到时，史万岁已死。

史万岁被毙杀于朝堂的惊人消息传回军营，全军恸哭，天下"共冤惜之"。

后来，到了唐太宗李世民时期，他感慨杨坚处事不公，说隋将史万岁破达头可汗，有功不赏，怎么能以罪致戮呢？

> 征南轻仆孔明碑，想见生平暴可知。
> 一死虽因奸计陷，亦由廷辩忿招疑。

这是宋朝一个叫徐钧的人同情史万岁所写的一首诗。说大将军史万岁南征，从推倒孔明碑写起，暗言军功再大也应自谦，不宜张扬，否则会给自己埋下大祸。要知道《易经》中，唯一的一个全吉卦就是谦卦，不可忽视。

史万岁在隋朝统一天下的战争中，立下了不朽的功绩。

遗憾，一个大将军，竟因一次争执被杀朝堂之上，实在让人唏嘘。

只是历史的轻舟已过，再也回不去了……

大名鼎鼎郭子仪 曾和安禄山做邻居

郭子仪画像

时势造英雄，后世人说大将郭子仪保护了唐朝二十年的安宁。

如果不发生"安史之乱"，郭子仪估计也会以地方军事长官的职位光荣退休，从此在将星如云的唐朝寂寂无名。

发生"安史之乱"的那一年是天宝十四年（755），安禄山五十二岁，郭子仪五十八岁。那一年，大诗人李白五十四岁，杜甫四十三岁，都是人生的高峰期。

只可惜，人心难测，战事难免。

"安史之乱"爆发仅两年，安禄山就做了刀下鬼。

人总是眼大肚子小，生年不满百，常怀千岁忧。安禄山要知道两年后会一命呜呼，他还会发动兵变吗？历史不能假设，能发动"安史之乱"，安禄山想了很久，他在皇帝和杨贵妃面前表现得很恭顺，明皇李隆基很喜欢。

本来安禄山在长安的宅邸位于兴庆宫对面的道政坊，也就是现在西安交大的院子里。这里离兴庆宫很近，唐明皇杨贵妃两口子随叫安禄山随到。后来李隆基说，你家那个地方太狭小了，我给你找片地，你在那里盖个大宅子吧。那一年是天宝九年（750），距离安禄山发动兵变还有五年时间。安禄山搬去了亲仁坊，这个地方位于大唐东市的西南角。位于现在的太乙路南段以西至西安市测绘局附近，南北在今友谊东路与建设东路之间的区域。唐时亲仁坊位于长安城的核心区域，距国子监仅一坊之隔，紧邻京兆府万年县县衙，是典型的"黄金地段"，多为名门望族、公卿大臣所居。要说这个地方显贵，说一个人大伙儿就知道了，当年李隆基他爹唐睿宗李旦就住这儿，李隆基估计都是在这个地方长大的。想想看，皇帝知人知面不知心，安禄山表演得多好，如果在现在，一定可以当影帝了。

亲仁坊后来还住过一位中国文学史上的大家柳宗元，那已是"安史之乱"

渭南华州区郭子仪祠前的木牌楼

后的事情了。要说当时的安禄山正是红得发紫的时候，小小地方军事长官郭子仪跟人家差距太大，他住亲仁坊很正常，只是居住面积，前后时间不好说。

官做得大小与年纪无关，尽管郭将军比安禄山大了六岁，那个时候，他也只能仰望安禄山。

就像李白能在兴庆宫里作诗一样，同样有远大志向的杜甫还在场外看人

郭子仪后代保存的祠堂画像

脸色呢，现实总是如此具有讽刺性。

接下来，郭子仪的命运发生了翻天覆地的变化。大家都知道，天宝十四年（755）之后的十年，郭子仪出兵平叛，自己的儿子也死于军中。悲伤的人生没有退路，作为职业军人的郭子仪只能忍住悲伤，继续战斗。接下来，绛州兵变、吐蕃兵攻入长安、仆固怀恩反叛，老头忙得满头大汗，手忙脚乱。直到大历元年（766），他才可以轻松下来喘口气，这一年，老爷子快七十了。

回到长安后，史书中没有交代郭元帅居住的亲仁坊有多大面积，安禄山的宅邸交公了还是如何处置。我私下揣测，亲仁坊安禄山的宅邸会不会被新皇帝李亨赏赐给了郭子仪？要不然，以他"安史之乱"前的战绩，住亲仁坊四分之一的面积好像说不过去。没有

西安交通大学校园　唐道政坊区域

看到记载，实在不好说，暂且存疑。

晚年的郭子仪由于功劳太大，被皇帝尊为"尚父"。怕功高震主，怕皇帝嫉妒，他养了好多美女，人说他身后的美女有皇宫的一半多，这个他不怕。他也不在亲仁坊住了，搬去了大通坊，还在坊间修了个园林。史书记载，他晚年一直住在这里。

郭子仪死后四十年光景，唐朝诗人张籍来到这座宅邸，这里已是"汾阳旧宅今为寺，犹有当时歌舞楼。四十年来车马绝，古槐深巷暮蝉愁"。唐代文学家赵嘏《经汾阳旧宅》诗中说："门前不改旧山河，破虏曾轻马伏波。今日独经歌舞地，古槐疏冷夕阳多。"不知道他俩说的是亲仁坊还是大通坊。只有刘禹锡在《酬令狐相公亲仁郭家花下即事见寄》诗中明确表述是大通坊："荀令园林好，山公游赏频。岂无花下侣？远望眼中人。斜日渐移影，落英纷委尘。一吟相思曲，惆怅江南春。"

如今，在西安电子城紫薇花园的东南角，还立着一块碑，碑上刻着唐郭子仪园林的字样。岁月悠悠，一代名将郭子仪曾在这个空间里生活，让人充满了遐想。

时光荏苒，岁月变迁，郭子仪和安禄山，都生活在泛黄的故纸堆中了。

唐大通坊郭子仪园林遗址

四件稀世国宝背后的较量

汉宣帝画像

汉宣帝是汉代的第七位皇帝，他本人从出生到当上皇帝有着十分传奇的经历，是中国历史上唯一一位出生不久就进了大狱的人。

轻徭薄赋、推崇儒学、彻底击溃匈奴，大破西羌……汉宣帝刘询一生很有作为，可惜只活了四十二岁。宣帝死后，埋葬于西汉时的鸿固原上，陵叫杜陵，后来鸿固原也改名叫杜陵原。杜陵除了埋葬汉宣帝刘询和王皇后外，周围还依生前的官职大小散布着一百零五个陪葬墓以及三个陪葬坑。

陕西的秦砖汉瓦全国闻名，汉代是瓦当工艺发展的鼎盛时期，收藏汉代瓦当也成了一些文人雅士的爱好。于是，爱好催生了一批为此逐利的人。2008年，有人在杜陵周围不到一平方公里的麦田里看到，盗掘分子挖出了近二十个盗坑，被破坏掉的汉代瓦筒碎片随处可见。

那天的时间记载很清晰，初秋，2010年8月25日，晚，多云。

从长安大兆甘家堡至汉宣帝陵有八公里多距离，乘车前往也就十多分钟。那天晚上，李氏叔侄和同村一个贾姓村民从甘家堡赶到了距离汉宣帝陵东南七百多米远的王皇后墓附近，这里位于王皇后墓东南方二百米。他们的目的很明确，就是挖掘瓦当，进行售卖。

那晚收获太大了，大得让后来的文物专家们都感到了无比的震撼。当盗墓人挖

被警方追回的"圆雕玉舞人"

掘到地下七十厘米深的时候，四件宝贝从一片瓦砾当中被一一起了出来：一件圆雕玉舞人，三只玉酒杯。

后经专家鉴定，这四件文物是皇帝的御用之物，十分珍贵，全部为国家一级文物。一次挖掘出四件文物，全部为国家一级文物，这样的概率在世界上十分罕见。

被追回的三只玉酒杯

据当时盗掘瓦当的三人讲，刚挖出来的时候他们也不相信这些东西有多值钱。杯子拿到手上还显"粗糙"，两只玉杯的鎏金环饰也残缺不全。按常理推测，献殿出土的东西经历了两千多年，能保存下来的能有多少？千百年来历史变迁，好东西肯定让人都拿走了。

我暗想，一片瓦砾堆中不可能埋藏这些东西。这些国宝能被专家称为御用之物，一定是存放在皇帝或者皇后的地宫之中。能从这里被发现，想必是之前盗墓者从地宫中盗出，不是直观可见的金银器，于是就临时放了一个地方，不知道是忘记了还是找不到了，再后来，被埋了起来。就这样，阴差阳错，被这三个村民给挖了出来。

第二天天不亮，这三人就把东西委托给了村里一个识货的村民当中间人，并陪着相继来到了西安经营古玩的无极市场和朱雀市场进行摸底。

以古董为生，见不得光的交易，称之为"鬼市"。西安"鬼市"上千年来都存在。2000年左右，古玩交易兴起，这里的暗中交易也火了。"鬼市"交易中有一条约定俗成的行规，买卖双方谈价时，第三者不得插足。小宗物件用暗语谈价，大宗货物交易时在袖筒里掐指头讨价还价。

先后跑了两个市场，遇到的都是一些只知皮毛、不懂文物的摊贩。大家对这四件国宝级的文物都不识货，一致认为是赝品。自然，文物贩子们也给不上价，最高的一个才给了八万。

兴冲冲而来，却被告知是假的，来摸行情的三人都有些沮丧。这三人当中，有一个是他们当中一个人的妻子。见两个男人没了兴致，这女子给他们打气说，能给八万，一定能卖上十万。

就这样，三人合计了一会儿，又把四件宝贝带到了当时刚刚开业不久的大唐西市古玩城。在大唐西市，他们遇到了一个刘姓老板，老板看了货后问他们要多少钱。这三人心里使劲努了努，喊出了二十万的价。应该说，他们觉得要二十万是够高的了。

刘老板仔细看了看这四件宝贝，详细询问它们的出处后，给出了十四万元的价钱。女子暗想，刘老板能给十四万，就一定不止十四万。

三人转身又离开了。

就在三人离开刘老板的店，准备在大唐西市再找一家店出货时，刘老板又追了上来。他当场允诺，就以他们三人说的价为准。

三人心里再次犯起了嘀咕：难道这四件宝贝真是文物？二十万低不低？

后来据警方介绍，挖文物的这三人，把文物介绍给他们村进行交易的中间人时的底价是三十万。中间人的心理预期是五十万，这样他可以挣二十万。

刘老板在三人离开他们店去四处转悠时，叫来了他的好友宋先生。宋在北京专门学过文物考古，他当时就断定这是汉代文物。坊间传闻，刘老板当时拍了照片以最快的速度把照片传往香港，数分钟后香港传来信息，以二百万至七百万进行收购，如果对方不给，可以提升至一千万……

看热闹的说，讨价还价是最精彩的。警方说，讨价还价的过程与主题无关。结果是宋先生出了五十六万，刘老板出了十四万，以七十万的价格把这四件国宝买了下来。中间人得了二十五万，发现宝贝的三人分掉了四十五万。

事已至此，这一交易算是平息了。

可是，买了文物的人没事了，没有买上文物的人心痒痒。

于是又传，有人酒后失言，说某某买了几件宝。宝贝是国家文物呀，得了上千万是小事，国宝可流失了呀，说话的在证明自己多爱国。

酒是好酒，饭是好饭，说者看似无意，听者确实有心，饭桌上坐着公安侦查员。

坊间传言，文物出手后，迅速被运到了香港。

25日国宝出土，26日交易，只隔了一天，到28日，警方就开始立案调查。9月2日，四件国宝被如数追回，从出土到追回，前后刚好一周时间。警方后来介绍，国宝并不是从传言的香港起获，而是陕西咸阳。这年年底，涉案的七人全部归案。

经多位国家级专家鉴定，三只玉酒杯和相连在一起的"圆雕玉舞人"，均属汉宣帝御用品，是国家一级文物。这当中，玉杯是我国迄今发现的汉代等级最高的玉杯，玉人是迄今为止发现的有明确出土记录的形体最大、等级最高，而且唯一两件相连的俏色立体圆雕玉舞人，是研究汉代宫廷文化、妇女服饰，以及舞蹈极为珍贵的形象资料。

　　文物不会说话，作为皇帝的御用品，经历了怎样的波折从皇帝的地宫来到了皇后的献殿废墟中，成了一个谜。只是，珍藏在西安博物院中的这些国宝，让更多的人看到了中华文化的灿烂，国宝坎坷的经历丰富了观众脑海中无限的想象力……

　　我想，以后这几个挖掘国宝的人从监狱出来，再来西安博物院看看他们挖出的宝贝，会是怎样的感慨啊！

汉宣帝杜陵

唐朝住在庙里的一代贤相

前些日子，有人在网上问，西安东关炮房街的唐代罔极寺值得一去吗？

我喜欢历史，看到这样的提问，欣然作答。庙是太平公主给她娘武则天修的，于神龙元年（705）建成，至今有一千三百一十三年了，这本身就很有意思；二是有明确记载说，唐代四大名相之一的姚崇就曾经住在这里。你

罔极寺

问，姚大人官居宰相，何必住到庙里？

原来姚崇尽管位居宰相，但在京城长安没有住宅，一直寓居在罔极寺中。唐玄宗李隆基知道后，派使者安排他去住在接待管理少数民族的"国宾馆"。他死活不肯，依旧要住在庙里，气得李隆基没办法，让人给他传话说，我恨不得你住到我的皇宫里来。

历史的细节总是有血有肉有温度，也让我们透过现存的罔极寺感受到一代名君与贤相的佳话。

姚崇原名元崇，因避"开元"年号的讳，改姓姚。唐代陕州硖石（今河南省陕县）人，曾任武后、睿宗、玄宗三朝宰相，常兼兵部尚书。

姚崇画像

要说起姚崇的历史功绩，就不得不说他向李隆基提出的十大政治主张，这在中国两千多年封建王朝的历史上，依旧闪耀着震古烁今的光芒。宋朝只采用了他的一条主张，仅礼待朝臣一项，就成就了三百年的富庶与辉煌。就连毛泽东主席对他都有很高的评价，说大政治家、唯物论者姚崇，如此简单明了的十条政治纲领，古今少见。

姚崇十大政治主张产生于开元元年（713），那时玄宗李隆基刚即位不久，去临潼阅兵，宣正在渭南大荔任职的同州刺史姚崇来见，有意任命他为宰相。姚当场向皇帝提出了这十条政治主张，据说李隆基听完双眼含泪，连说朕答应就是。于是，这闪耀千古，成就开元盛世的十大主张就此掀开。

姚刺史的十大主张是：

一、不能继续执行严刑峻法，必须行仁政。

二、今后几十年不求边功，对外不黩武。

三、宦官不可干预朝政。

四、皇亲国戚不能在政府要害部门任职。

五、不得法外开恩，一切依法办理。

六、杜绝官员向民间的一切胡乱索要行为。

七、禁止大兴寺庙。

八、君臣之间以礼相待，不得狎昵轻侮。

九、不忌讳臣子的直言进谏。

十、严禁外戚专政。

细读这十点主张，不仅对古人有借鉴，就是对现世也有很大的现实意义，难怪会让皇帝感动流泪。

现在，姚刺史成了姚宰相。可是，要成就一番事业，并不是有主张就可以了，强力地推行和实施，才是最关键的。他的第一斗，不是与官场，不是与皇帝，而是与蝗虫。

开元四年（716），山东蝗虫成灾，当时官员百姓都认为这是上天降罪。不仅不可以捕杀蝗虫，还要焚香膜拜。就连皇帝也认为，天降蝗灾，是因为不修德政。姚崇据理力争，说："民以食为天，不能任由蝗虫吞食粮食。现在灾害这么严重，已动摇国家之本了，请陛下三思。"姚崇一再坚持己见，以救天下百姓为首任，终于说服了玄宗。满朝官员拒不执行，坚持上天降罪的理论，于是玄宗下命令说："谁要是再反对，马上处死。"

就这样，姚崇的政治主张相继铺开，一扫政治积弊，国泰民安，"忆昔开元全盛日，小邑犹藏万家室"成为中国古代盛世的标杆和后世执政者的向往。可以说，"开元盛世"的成就，姚崇功不可没，当时就被人称为救时宰相。

《新唐书》称赞他："姚崇以十事要说天子而后辅政，顾不伟哉！"

开元九年（721），姚崇去世，被追赠为扬州大都督，赐谥文献，享年七十岁。

| 唐代泾原兵变背后 一个被埋藏了千年的秘密

　　唐德宗李适是明皇李隆基的重孙，唐朝的第九位皇帝。他十四岁那年，爆发了安史之乱，二十岁时，李适被任命为天下兵马大元帅，讨伐叛军。这个经历，和他的祖辈太宗李世民很像，称得上乱世英豪。叛乱平定后，李适

西安何家村出土的窖藏珍宝

因功拜为尚书令，和平叛名将郭子仪、李光弼等八人一起被赐丹书铁券，图像被挂上凌烟阁。

大历十四年（779），李适即皇帝位，史称德宗。李适即位之初，坚持信用文武百官，严禁宦官干政，颇有一番中兴气象。

安史之乱后，黄河下游各节度使拥兵自重，割据一方，有的世袭相替都不给朝廷汇报。即位第三年，李适开始削藩，引发了山东各地节度使的反叛。到了建中四年（783），官军作战不利，唐政府下令泾原节度使姚令言率五千士卒抵长安转道去征战。

谁知道后勤工作太差，泾原军原以为到了长安后会得到封赏，结果德宗派了京兆尹王翃去慰问军队。王翃一个文官，对这件事的认识程度不够，结果招待工作极差，引起了士兵们的愤怒。

从长安城向东行至浐河，这样的情绪开始漫延，士卒们觉得我们离开父母、妻子、儿女，要与敌人死战，但却吃不饱，革命也是命，怎么能这样去对抗白刃呢？国家的琼林、大盈两座仓库，宝物堆积无数，不取此以自活，又去哪呢？

部队才走到灞水，就击鼓呐喊地回军了。长官姚令言奉劝士兵不要鲁莽行事，结果被士卒用长戈架了出去。

形势危急，姚令言派人火速报告德宗。李适听到后大惊，马上命令赏赐布帛二十车，前往安抚军队 。结果慰问团刚到，叛军已经冲进城门，陈兵丹凤楼下了。

一看情况不妙，有过军旅生涯的德宗皇帝仿效他太爷爷李隆基，也仓皇出逃了。这下，士卒更来劲了，大肆掳掠京师府库的财物。

就在姚令言报告德宗军变的消息后，德宗李适也采取了两手准备，一方面命令劳军；另一方面宣布首都进入紧急状态，要求各府库看管好财物，防止生变。

那时，负责国家税收的租庸调官叫刘震，他住在长安城西明寺的东边，也就是现在西工大附中东侧何家村的位置。接到命令后，他把金银罗锦收集起来，用了二十驼运出长安。接着他把体积小、价值高、少而精的珍品自己

鸳鸯莲瓣纹金碗

随身携带，想着出长安城后找个安全地方保存起来。

结果事发突然，守卫城门的士兵看他是高官，不允许他出城。没有办法，刘震和妻子又折返回到家中。

经过短暂的讨论，他们迅速把这些宝物存放在瓮中进行掩埋，宝物多瓮不够，急得没办法了，直接把几件宝物放在银罐里做了简单的防护处理，也在旁边埋了。当时，刘震肯定想着兵变时间不会太长，他会很快处置这些宝物的。

舞马衔杯纹银壶

乱兵进城了。推举太尉朱泚当了新皇帝，国号大秦，这下，连大唐都不是了。刘震想着宝物还要贡献给旧主呢，先活命再说。

就这样，他成了"大秦国"的官员，整天战战兢兢地过日子。

第二年七月，官军胜利，德宗李适

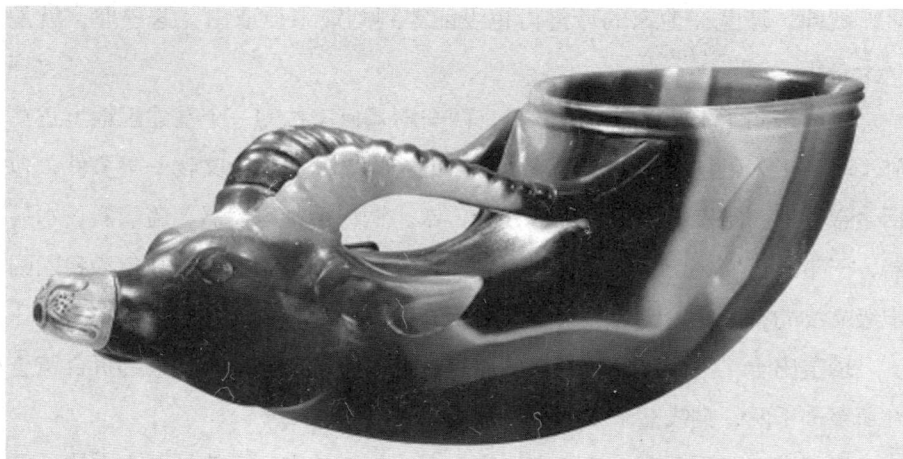

镶金兽首玛瑙杯

还朝。

刘震很高兴，他还想着他的出头之日到了呢。结果皇家认定他投靠叛军，没容他解释，就把他和妻子全部处死了。

何家村出土的窖藏珍宝

就此，埋藏在他家的珍宝再也没能等到刘震亲自取出。这一埋，就是一千多年。

时间来到了 1970 年 10 月 5 日，西安南郊何家村的一个基建工地上正在施工时，工人们挖出了刘震埋藏了千年的宝物。一次出土文物一千多件，包括金银器皿，银锭、银饼、银板，金、银、铜钱币，玛瑙器、琉璃器、水晶器，玉带、玉臂环、金饰品，另有金箔、玉材、宝石等。其中被定为我国国宝级文物的有三件，定为国家一级文物的有数十件。

珍宝出土，举世震惊。专家估算，这批珍宝总价值在唐代大约折合黄金九百至一千两，铜钱三千八百三十万钱。

只可惜，泾原兵变，唐德宗反应太慢，收复长安后，他又杀人太快，这些珍宝，他已永远不能享用了。

490 多年前 阳明先生病逝于江西南安

《太平洋战争》这本书里记载了这样一件有趣的事，那是 1905 年日俄海战结束，日本海军击败俄罗斯太平洋舰队获得大胜，也为舰队司令东乡平八郎赢得了巨大的声望。在回国的大型酒会上，出现了几个美国海军基层军官，当时日美的关系还好，东乡元帅喝了很多酒，很有兴致地受邀和这几位美国小兵合影。这当中一位叫尼米兹的美国小伙注意到，东乡元帅随身带着一个腰牌，上面写的什么他不认识，但印象深刻。后来有人告诉他，东乡元帅的腰牌上写着"一生伏首拜阳明"。后来这个美国小兵成为美国太平洋舰队总司令，并击败了日本海军，这都是后话了。

我们今天要说的就是那个"一生伏首拜阳明"的阳明先生。

中国古代的读书人，自幼都会立下这样的志向：修身、齐家、治国，平天下。可是，读书人理论高深，志向远大。硬伤也很明显，手无缚鸡之力，实践能力差。要说能读书、能著文、能当官、能打仗，还能建立自己一套理论并指导他人树立正确的世界观、人生观、价值观，这样的人恐怕也只有阳明先生了。

中华历史煌煌五千年，人杰辈出。可打从明代出了个阳明先生，又给后辈的读书人树立起了一座巍峨的丰碑，立言、立功、立德，阳明先生占全了。自从他的知行合一、致良知学说行世，他便属于了中国和世界。现在人们都在研究他，每年出的书籍和各类文章，恐怕阳明先生占了很大一部分。全世界都在推行他的知行合一，就连一些汽车广告也选用他的这句名言。应该说，他对后世的影响是十分深远的，就连后辈中的成功人士，无形中也成了阳明学派的实践者。

"归明觉于吾心，则一也。向外寻理，终是无源之水，无根之木。"这一论述是阳明先生的思想精髓。

在日本，近代明治维新运动其思想根源很大程度上来自阳明学说的影响和浸润。现在每年都还有大批日本人来绍兴阳明洞天朝拜。除了日本海军元帅东乡平八郎一生伏首拜阳明，著名学者高濑武次郎也说："我邦阳明学之特色，在其有活动的事业家，乃至维新诸豪杰震天动地之伟业，殆无一不由于王学所赐予。"

王阳明大名叫王守仁，生于1472年，是15世纪时的七〇后。1499年，阳明先生二十八岁，参加礼部会试，成绩骄人，举南宫第二人，赐二甲进士第七人，随后被授刑部主事、兵部主事。

明武宗正德元年，也就是1506年冬，先生三十五岁。因宦官刘瑾擅政，逮捕南京给事中御史戴铣等二十余人。王守仁上书论救，触怒刘瑾，被杖四十，贬至贵州龙场驿，任驿丞。

王阳明（1472—1529）

在龙场艰苦的环境中，他的思想纯净、精进，从而有了新的领悟。他意识到"圣人之道，吾性自足，向之求理于事物者误也"。龙场悟道和禅宗顿悟很像，从此贵州龙场这个曾经的荒蛮之地也因为阳明先生从而光耀千古。

正德十二年（1517），阳明先生平定江西匪患；两年后，宁王朱宸濠发动叛乱，阳明先生开始手上无兵，在调兵过程中，他连连出招，迷惑对手；

兵员到达后，出其不意攻打宁王老巢南昌，随后决战鄱阳湖，三天之后，宁王被俘。这场叛乱历时仅四十三天，就被阳明先生平灭。

然而，立下如此大功，却并没有被皇帝认可，在之后的日子里，阳明先生还是以讲学为主。到了嘉靖元年（1522），先生干脆辞官回乡讲学，在绍兴、余姚一带创建书院，宣讲"王学"，并在天泉桥留心学四句教法：无善无恶心之体，有善有恶意之动。知善知恶是良知，为善去恶是格物。

嘉靖六年（1527），两广匪患蜂起，当地官员搞不定，朝廷这才想起了阳明先生，起用他为两广总督。先生用兵如神，再次大败叛军，平息两广之乱。

平乱之后，阳明先生肺病加重，感觉自己可能不久于人世了，于是上书请求回家休养，没有等朝廷回复，他就决意回乡了。不想于 1529 年 1 月 9 日早，病逝于江西南安府大庾县青龙港的舟中，年仅五十七岁。

临终之际，弟子问他有何遗言，他说："此心光明，亦复何言！"丧过江西境内，军民都穿着麻衣哭送先生。先前因平定宁王叛乱封特进光禄大夫、柱国、新建伯。隆庆时追赠新建侯，谥文成。万历十二年（1584）从祀于孔庙。

王阳明先生是明代最著名的思想家、教育家、文学家、书法家、哲学家和军事家，官至南京兵部尚书、南京都察院左佥都御史。同时，先生还是陆王心学之集大成者，非但精通儒、释、道三教，而且能够统军征战，是中国历史上罕见的全能大儒。

日本学者冈田武彦评价，阳明学最有东方文化的特点，它简易朴实，不仅便于学习掌握，而且易于实践执行。在人类这个大家庭里，不分种族，不分老幼，都能理解和实践阳明的良知之学。

清代著名学者梁启超先生称赞阳明先生："在近代学术界中，极具伟大，军事上、政治上，多有很大的勋业。阳明是一位豪杰之士，他的学术像打药针一般令人兴奋，所以能做五百年道学结束，吐很大光芒。"

|清朝最高法院院长 长安薛老爷

一、薛老爷

曾经在陕西长安，有两座非常有名的高桥：南高桥，西高桥。南高桥在西万路郭杜南的滈河上，不知道何人修建；西高桥在长安西北的沣河上，现在这里已经划归西咸新区沣东街办了。西高桥是清朝的高官薛老爷修的，当地老辈人都说，这是薛老爷曾经给当地百姓的承诺。当然，当地百姓也给了他最高的荣誉，只有他享有薛老爷的称呼，当地人说薛老爷，也是专指他老人家。

薛老爷大名叫薛允升，字克猷、号云阶，西安府长安县马务村人，现在这里已划归西咸新区沣东新城。马务村悠久的历史可以追溯到北宋时期，这里最早是一片荒滩，由于临近沣河，地表水位高，水草丰茂，非常适合放牧。到了庆历年间，政府备战西夏，在沣河滩建立了四个养马场：飞龙务、大马务、小马务和羊泽务，这就是四马务村的由来。到了明代，前面的"四"不见了，

薛允升（1820—1901）

叫成了马务村。马务村原来有老堡子、围墙、后村、北门四个堡子，当地人习惯称马务四堡子。同治年间，湖南湖北等地迁来一些移民，在四堡子以外又形成了一个新的堡子，大家称之为寨子。

马务四堡子以薛姓为主，在当地方圆几十里的范围内，人们都知道马务村的五门很有名，其中有个四门出了个在朝做大官的薛老爷薛允升，官至刑部尚书。

薛允升嘉庆二十五年（1820）出生于这里，三十六岁之前，一直生活在长安，后离开长安为官。到了晚年回到家乡，修建高桥，造福乡梓。应该说，他是近不惑之年才离开长安的，对故土有着深厚的感情。以下是《清史稿》中记载的薛大人的简历：

咸丰六年（1856），薛允升中进士后，授主事，分刑部。同治十二年（1873），授江西饶州府知府，光绪四年（1878），升山西按察使；第二年，转任山东布政使，署漕运总督。光绪六年（1880），任刑部右侍郎，转左侍郎。十九年（1893），授刑部尚书。二十四年（1898），因疾奏请开缺。二十五年（1899），重赴鹿鸣宴（举人于乡试考中后满六十周年），赏加二品顶戴。二十六年（1900），八国联军侵华，慈禧携光绪避乱长安，时公归里，赴行在，复召用为刑部左侍郎，寻授尚书，以老辞，不允。

上文里有几个关键点给大家介绍，薛老爷宦海沉浮四十五年，有三十八年在刑部任职。1893 年至 1898 年，任刑部尚书，从一品。刑部尚书相当于现在的最高法院院长，掌管当时的司法和刑狱。

二、学养深厚

网上有一个有意思的统计，说有明一代中进士的平均年龄是三十二三岁，结合曾国藩、张謇等清人中进士的年龄看，我猜想薛老爷一定是个补习生，三十八岁中进士，这期间读书写字肯定也没少下功夫。私以为补习生与应届生最大的区别，是为人更低调，做事更谨慎。

举个例子说明，薛老爷起草金陵三牌楼杀人案的裁判文书时，闭门八日，写出了《审明情重命案按律分别定拟折子》。直到今天，法学专家们还盛赞这份裁判文书可以全网公示。这个给皇帝的调查报告，"将案件表述得清清楚楚，无丝毫破绽"。你想，这八天里，老爷子估计也是思前想后，写了一遍又一遍，改了又改，反复推敲。即使放在今天，我们仍不得不叹服薛老爷做事认真谨慎的态度。要知道，精湛的法律素养和老到的写作技艺都是以态度为前提的。

由于薛老爷长期对案件高度负责，办事公正，为人又特别低调，因此他深得朝廷信任，每当遇到疑难或重大案件时，常常指定他来进行审理。作为刑部官员，他不仅精通法律，更善于剖析案情。凡汉唐宋元明律书，无不博览贯通。不仅下功夫细读，而且探本穷原，比如他读到《盐铁论》时，从法律角度分析关于良吏的重要性，认为，真正的执法人才，要知道立法的本意，要达到怎样的目的，并加上自己的良善、仁爱、清廉。所以，即使不用刑罚，也能使国治民安。

干一行爱一行。从事司法工作，他胸中装着无数部法典，薛老爷视刑律为身心性命之学，"老病闲活，不废其精勤，实数十年如一日也"。同僚中每有疑难问题向他询问，他都能完满地给予解答。他所拟的文稿，"凡所定谳，案法随科，人莫能增损一字"。别人很难改动一字，这是多大的功力，连刑部和上级长官也多是画诺而已。他又有多廉洁呢？他被人诬告贪赃，结果审了多天，连诬告人自己都不信，最后不了了之。薛老爷不仅自己清廉，在那个"三年清知府，十万雪花银"的年代，他治下的刑部衙门位居六大衙门之首，也是刑部衙门风气最好的时候。

原京师大学堂第一任管学大臣孙家鼐，曾与薛氏"同官京师""时相过从"，在其所撰《皇清诰授光禄大夫紫禁城骑马重赴鹿鸣筵宴刑部尚书云阶薛公墓志铭》中，对薛允升给予高度概括："典谳法垂四十年，故生平长于听讼治狱，研究律例，晰及毫芒。……公初筮仕，念刑名关人生命，非他曹比，律例浩繁，不博考精研，无由练达，朝夕手钞，分类编辑，积百数十册。……历任堂上，皆倚重之，名次在后，实即主持秋审事。及部中现审案，岁不下数千百起，均归一手核定，故终岁无片刻闲。即封印后，亦逐日入署。每归必携文稿一大束，灯下披阅。由是以清勤结主知，历外未久，即召还部。"薛大人这种对工作极端负责任，对生命高度负责任的态度值得人们敬仰与学习。他能成为法律大家、冤案克星，主要是来自他的敬业精神和唯恐出现冤案的戒惧心理，以及由此产生的智慧、胆识和精湛的司法技术。

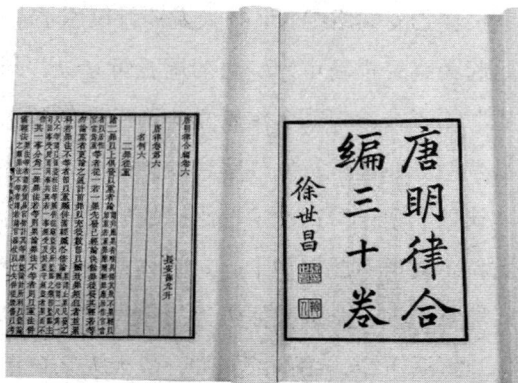

薛允升著作《唐明律合编》

薛老爷精研律学、穷原竟委，还写下了大量的著作和笔记。我国近现代法学奠基人、为中国引进西方法律体系的大法学家沈家本曾师从薛老爷。沈家本介绍："（薛）凡今律今例之可疑者，逐条为之考论，其彼此抵牾及先后歧异者，言之尤详，积成巨册百余。……司寇复以卷帙繁重，手自芟削，勒成定本，编为《汉律辑存》《唐明律合刻》《读例存疑》《服制备考》各若干卷，洵律学之大成，而读律者之圭臬也。"

三、典型案例

在薛老爷所经办的案件中，以"江宁三牌楼案"最为著名。

话说光绪三年(1877)，金陵城三牌楼处发现了一具无名男尸，两江总督沈葆桢接到紧急报告后，命令手下干将洪汝奎负责办理此案。洪汝奎也不含糊，很快就将"凶犯"缉捕归案，几天后，"凶手"—— 僧人绍宗、屠户曲学如被就地正法。（这里八卦一下，这个沈葆桢是林则徐林大人的外甥加女婿，也是一位民族英雄，他还是中国近代造船、航运和海军的奠基人。）

谁承想，四年之后真凶现身，一时舆论大哗，就连当政的慈禧太后都气不打一处来，责令严办，这就是清末四大冤案之一的"江宁三牌楼案"。光绪七年（1881），朝廷下令刑部侍郎薛允升带队赶赴南京查办此案。

作为专案组组长，薛大人一行仅用了一个月的工夫，就查清了冤案真相。这起冤案经重新审判，真凶周五斩立决，同谋沈鲍洪绞立决；参与捉拿"凶犯"的候补参将胡金传斩立决，已调任两淮盐运使的承审官洪汝奎和候补知县严堃褫职遣戍，发往军台效力赎罪，候补知县丁仁泽、单之珩交刑部分别"议处、察议"；沈葆桢因已故去"免其置议"。清廷通报全国各省督抚，"倘各省再有此等情形，定将该督抚等从严惩处，绝不宽贷"。一场慈禧太后非常重视、全国媒体极为关注的江宁三牌楼冤案，圆满画上了句号。

太后下令，由刑部挂帅，薛大人亲自审理三牌楼案，阻力是非常大的。最大的阻力，就是来自那些冤案制造者的抱团抵抗。原因很简单，一旦平反，这些昔日趾高气扬的官僚，面临的必然是地狱般的结局。可以说，薛允升从踏上江宁之途的那一刻起，他便已经成了这伙人的"头号敌人"，对方势必要强力地维持原判，薛侍郎面临的处境可谓如临深渊如履薄冰。

万众瞩目下，薛大人带着尚方宝剑出发了。他们离京后，沿途概不见客，谢绝所有的宴请和礼品，并对专案组成员严加约束。到达金陵后，除了仅礼节性地拜会当地主官外，其余任何人不见，"将军都统往谒，亦皆挡驾"。所住周边，关防严密，除每天应供食物，其余酒席一概不收。外面当差各色人等，均以飞虹桥口内龙门外限，不准一人混入。里面站堂执刑人员，都是由刑部带来，当地的工员、差役只在外围候命。

可别小看这些措施，这正反映了薛允升的政治智慧和丰富的办案经验，是办成铁案的前提。一是隔绝与外界的联系，既避免授人以柄，又保证了集中精力；二是切断了内外勾结的渠道，使图谋不轨的人只能干着急；三是挡住了"说情风"，使案件不受外界左右；四是收贿受贿没有了通道，也排除了"卧底"；五是杜绝了泄露办案信息，使对立面始终处于盲目状态。薛允升用一个月的时间便颠覆了这起旷日持久、朝野极为关注的特大冤案，与其采取的措施有很大关系。

在江宁三牌楼案中，薛允升采取"自我封闭"和"排除合理怀疑"的司法策略，不仅营造了相对独立的司法场域，排除外部可能存在的干扰，而且法律论证严谨有据，圆满完成任务，回京复命。

四、刚正不阿

这起案件同样是薛大人的扛鼎之作，从中也能看出他不畏权贵、尊重法律的精神。

那是光绪二十二年（1896）四月十八日，太监李茛材、张受山、范连沅、阎葆维等人在休假期间，出了紫禁城，奔大栅栏内庆和戏园看戏。因预订座位与看客发生口角，遭到痛斥，李茛材等人颜面扫地，怀恨在心。下午申时，李茛材纠集同伙张受山、范连沅、阎葆维、王连科、李来僖、吴得安等七名太监和流氓毕汶碌，持刀、棒等器械再次闯入庆和戏园，见人就打，见器物就砸，剁烂桌椅，拆门卸窗，打砸过后，现场一片狼藉。戏园中的工作人员担心戏园被毁，失去生计，纷纷告罪求饶，请太监们息怒，盛情邀请这帮打砸抢分子去天全茶馆喝茶。

薛允升墓前的石头旗杆

与此同时，戏园老板趁乱报警，来到了中城指挥衙门，请求官方派兵保护。当班的中城副指挥杨绍时听完报告，立即命令中城练勇局队长赵云起带领二十名勇丁前往现场进行处置。

队长赵云起带兵勇们列队奔赴大栅栏。到了庆和园，得知肇事太监已去天全茶馆，又循迹前去捕拿。李茛材等人刚消停片刻，看见官兵来捕，一个个又来劲了，持刀挥棒跳起相迎。赵队长率领勇丁刘文生等上前控制，结果一场混战，赵云起队长倒在血泊中，当场殒命。死了人这事就闹大了，太监们害怕了，企图夺路逃回皇宫。此时，看热闹的市民把茶馆围得水泄不通，逃都逃不掉。兵丁们见主官牺牲，这还得了，齐声呐喊，把李茛材、张受山、范连沅、阎葆维及毕汶碌分别擒获，五花大绑，押往中城指挥衙门。

俗话说："好事不出门，坏事传千里。"一夜之间，太监行凶拒捕，杀死官兵的消息轰动京城。案件发生后，都察院四月二十二日上报案情。光绪帝见到汇报材料，勃然大怒，立即下旨，"实属不法已极，必应从严惩办"，要求所有捕获的凶徒，"交刑部严行审讯，按律定拟；并究明在逃余党，一并饬拿，务获究办"，并强调"著刑部遵照康熙年间谕旨，从严定议具奏"。

此时，慈禧的亲信太监李莲英认为惩办他手下的太监无异于扫了自己威风。一方面赶紧在慈禧耳边吹风求情，一方面偷偷把一同作案的李来僖、王连科、吴得安等参与此案但提前退出的太监隐藏起来。由于人犯不能全部到案，刑部只好要求大理寺、都察院审理在押人犯，太监李芡材、张受山被判斩立决；范连沅、阎葆维判绞监候，秋后处决；毕汶碌、陈禾钰发配极边四千里，到发配地后监禁十年。

遵照光绪皇帝谕旨审理，案情简单明了，责任清晰，三法司依照法律拟定处理意见奏报，料想一定会顺利获准、立即执行。因此，刑部一方面请旨画押，一方面安排差役在菜市口搭设席棚，布置法场。只等光绪皇帝朱笔一挥，就将行凶太监开刀问斩。

谁知在关键时刻，一直备受慈禧太后宠幸的大太监李莲英出面了，他再三哀求慈禧看在大伙儿一直服务皇室，兢兢业业、任劳任怨的分上，能法外开恩，饶这几个太监一命。慈禧架不住李莲英"乞恩"，便要求朝中御史官员依照"伤人致死，按律问拟"的律例，谕令刑部从轻议奏。

毕竟是人命关天的大事，慈禧太后也不便直接下手，表面上要求御史官员拿出处理意见，暗地里拉了偏架。五月二十九日，御史胡孚宸和给事中高燮曾各上一道奏章，意见相左，针锋相对，各抒己见。胡孚宸启奏："我朝列圣相承，凡有太监犯罪绝不稍纵宽贷。律例定自祖宗，岂可意为轻重？请仍照三法司原定罪名予以斩决，以息浮议而惩刁风。"高燮曾执反对意见："此案若加重拟，恐有伤圣主仁厚之心，请饬部勿以加等为疑，免生新例，以释猜嫌，大中至正之道无逾于此。"老娘不发话，光绪皇帝秒怂，面对大臣的意见面无表情、不置可否，统统送交慈禧太后，"恭呈慈览"。其实要说光绪皇帝也挺可怜，受制于人，处处不得已。这皇帝家的事，底下人也很为难：汇报吧，做不了主；不汇报吧，人家身份毕竟是个皇上。

这起案件按说不是疑难案件，照律办理就是。结果皇家参与，事情就变得复杂了，薛老爷身为刑部尚书，刑部的主事大老爷，就必须拿出自己的审理意见："李茂材等一案，既非谋故斗杀。"因而援引"伤人致死"的律例显然不合。开口就指出太后这一先入为主的认定就不对。薛老爷认为，此次从严惩治，本系奉旨而行，并严格依照法律规定办事。如果"迁就定谳，置初奉谕旨于不顾，则负疚益深"，"立法本以惩恶，而法外亦可施仁"。如果朝廷有意维护法制，裁处凶徒，那么就应批准三法司原奏；如果想法外开恩，那么尽可自作主张。作为司法官员，"臣等非敢定拟也"！听听，尽可自作主张，这是典型的长安人口气，长安人可自行脑补，看我说得有没有道理？

薛老爷的奏折有理有据，软中带硬，慈禧太后看了心里再不愿意，也不能拿祖宗的江山社稷做交易。于情于理上，又挑不出毛病。老太太无可奈何，为了转圜，只好批交刑部重新议奏。

等案子再次发回刑部，就由不得李莲英之流左右了。尽管不少军政大员受李莲英之托，请求薛允升手下留情。然而，薛老爷视而不见，听而不闻，坚持依法严惩肇事杀人的太监，对手刃致毙赵云起的张受山处斩立决，对伤人未死的李茂材处斩监候，秋后处决，其余判决原封不变。慈禧太后只好降旨准奏。于是，菜市口法场再搭高棚，刽子手手起刀落，杀人者偿了命。

这起案件虽然了结，但慈禧太后对竟敢与自己抗衡的薛老爷一直耿耿于怀，加上一帮为虎作伥的王公大臣煽风点火，慈禧太后总想找机会收拾一下薛允升，以解心头之恨。结果没多久，就有人奏本弹劾薛允升，说他"贪赃枉法，消弭巨案"。光绪皇帝派吏部尚书徐桐等调查，结果折腾了好几个月也说不出个一二三，所述事件子虚乌有，反倒抬升了薛老爷的身价。慈禧太后听后很不甘心，托词薛允升"不知避嫌"，将他降了三级，调去宗仁府做"府丞"。

明显在整人，薛老爷心知肚明。光绪二十四年（1898），他以年事已高，需要养病为由，辞职回家。慈禧立即批准了。就这样，薛老爷回到了久违的故乡，并住回了他朝思暮想的长安县马务村。在家乡，他走亲访友，探望亲朋故旧，造福乡里。同时，吃上了爽口的家乡饭，这个开心哪，真是难以用言语表达。谁知道两年后，八国联军攻入北京，慈禧太后、光绪皇帝逃到西安，这下，薛老爷又不安生了。

五、大家风范

大老爷、坐高堂，明镜高悬、威风凛凛。周星驰说，你好大的官威啊！

很多人看惯了影视剧中官员们高高在上、目无一切的形象，就迅速脑补大老爷坐高堂的威严场景。薛老爷作为清朝一位掌管全国刑狱的尚书，从一品大员，在大伙儿看来，不威风凛凛，至少也应官威十足才对，要不然怎能让小民畏之如虎？！

其实真实的情况不仅不是这样，而且与之相反，有记载说薛老爷大堂审案，与囚犯对话，就仿佛邻家老太太，絮絮叨叨，甚至"婆婆妈妈"，有点像星爷《大话西游》中的唐僧。《清史稿》记载："公貌清癯，赋性温和，气宇凝重。其鞫囚，恒至夜分，一灯荧荧，胥役或倦引去，公平心静气，无疾言遽色，与囚絮絮对语，囚忘公为官，公亦若忘其与囚语也。"

这段文字写得真好。首先很形象，薛老爷没那种大人样，很随和，囚犯忘记身份，没有距离感，愿意说出他想说的话；其次场景描述身临其境："一灯荧荧……公平心静气。"透过这段表述，薛大人的"平民"形象跃然纸上。他为什么如此"平易近人"呢？除性格的原因外，就在于他心中有一个理念：人命关天。"公重民命，有疑狱，必万分审慎；得其冤，必力为平反"，故他才比胥吏还能吃苦、熬夜，才能与囚犯"打成一片"、达到互忘身份的境界，才能让囚犯与自己"交心"，道出真情。

清人笔记《春明梦录》中，还记载了这样一件事。说薛老爷在刑部任职时，有一位候任官员，与薛老爷的公子有往来。由于这个人大大咧咧，说话办事不检点，太过招摇，引起了一些人的注意。于是，朝堂上就有御史上书弹劾薛老爷，说那位候选官员有干预刑法、影响案件审理、请托的嫌疑。据说为了保密，这次弹劾采用封章的方式。所谓封章，就是言机密事的章奏，皆用皂囊以进。皂囊为黑绸口袋，汉朝的时候就已经兴起了，群臣上章奏，如事涉秘密，则以皂囊封之。

接到章奏之后，皇帝下旨，对这一干预司法的事件进行查办。奉旨查办此事的部门，为吏部与都察院。负责查办的人员，就是这两个部院的工作人员。当时，《春明梦录》的作者何刚德就是吏部所派的负责人。所以，关于此事的处理，何刚德知之甚悉。

承审官员对此案审理了好多天，没有发现任何不法的端倪、没有查出一点可用的证据。时间长了，这两个部门的人还给咬上了，同台御史竟然指责承审官员瞻前顾后、徇顾私情。

为了挖出薛老爷的"罪证"，案审又在日夜地推进中。

这一天，何刚德被内廷召见。在接待室候召时，冤家路窄，何氏与薛大人碰巧遇见了，薛大人也在接待室候召。这下好了，一个是审理的官员，一个是受审的对象，尴尬了。

这个何刚德与薛大人平常没有交往。偶然间的碰面彼此都心照不宣，又不好说啥，于是两人都先假意客气一番，互致"久仰"，礼数上非常周到。

因为候召时间较长，两人就聊了起来。薛大人知道何刚德在吏部考功司任职，他就畅快地谈起大清律例和处分则例来。为什么会谈到这个，因为这个与考功司的律例有重合照应的地方。进入业务领域，两人都比较熟悉各自的优劣，在认知上观点类似，聊着聊着就忘记了各自的身份，真是相谈甚欢。何氏观察，薛尚书对律例的熟悉程度，真可以说是毫厘不爽。

这一次谈话，两人都津津有味，薛尚书也没有因为何刚德承审弹劾自己的案件而对何刚德有所保留、有所记恨。由此谈话的过程，两人的风度，迥然可观。

何刚德最后在他的笔记《春明梦录》中感叹道：那个时候，朝廷的纲纪还没有废弛，国家的纲维还在，官场上的政事还算清明，即便是有纤芥之微的瑕疵，也难以逃脱严厉的指摘。这样的状况，想一想，都让人不禁神往啊！

不以私利害公事，不借公权泄私愤。一个人的风度，由胸怀决定。读何刚德的笔记，看薛老爷的胸怀、风度，真是让人敬仰、敬佩啊！

六、菩萨心肠

薛允升薛老爷之所以能成为晚清司法界的法律大家和廉直大臣，办成了无数铁案，坚定的法律至上理念和浓厚的人道主义情怀，无疑是其成功的基石。

我们都知道，法律是用来规范社会规则的，有时候必须使用雷霆手段；但法律也是维护正义的，法律人也要有菩萨心肠。一起涉及鲁迅先生家人的案例，显示的就是长安薛老爷的菩萨心肠。

鲁迅先生家道中落大家都知道吧？鲁迅先生曾回忆说：到我十三四岁时，我家忽而遭了一场很大的变故，几乎什么也没有了；我寄住在一个亲戚家，有时被称为乞食者。他在《呐喊》自序里抒发自己情绪："有谁从小康人家而坠入困顿的么，我以为在这途中，大概可以看见世人的真面目。"

鲁迅先生所说的"很大的变故"始于他的爷爷周福清，周福清生于道光十八年（1838），同治十年（1871）三十三岁时考中进士。考中进士后，周福清起先是在翰林院任庶吉士，后做了内阁中书。你问翰林院庶吉士是个什么东东？原来，古代每年高考结束，总要在这些考中进士的考生中，选一些字写得漂亮的，替皇帝起草、抄写一些文书。皇帝身边用不了这么多人，选下来的，一部分进了内阁政府部门抄写文书，另一部分则外放担任各县的县长。能入选翰林院，则说明周老太爷的书法那是数一数二的。但这个周福清平素言语尖刻，愤世嫉俗，个性强，情商低，没多久就被排挤出了翰林院，外放江西金溪县知事。当时的两江总督是大名鼎鼎的林则徐大人的外甥兼女婿沈葆桢，这个见过大世面的沈大人是中国近代著名的政治家、军事家、外交家、民族英雄。他对周福清的评价不高，认定他办事颟顸，不久建议朝廷免了他的职。光绪十九年（1893），周老太爷五十五岁，老娘去世，他回乡守孝，"丁忧"三年。

那一年九月，全国大考。浙江的主考官叫殷如璋，是周福清的同科进士。乡野之人谁能知道主考官是谁呀，我猜想一定是周福清给人吹牛，吹漏了嘴。结果被四邻八乡请托，他架不住京城回来官员的面子，勉为其难，接下了这个烫手的山芋。当然从私心上讲，当时请托的孩子中，也有他的公子。

要说周福清本人很清楚这件事的轻重，科举取士是历代选取人才的重要工作，皇帝本人都要参与。行贿考官，事情败露那可是杀头之罪。从前期准备工作上看，周福清也没有做啥功课，比如提前联系，提前打探，掌握一下考试重点、考题方向，或是套个近乎之类，便莽撞地赶赴苏州行贿。结果到了苏州，他吓得不敢出面，乡亲们的面子又磨不开，于是荒唐人干荒唐事，让家人陶阿顺带着名帖和信函上了船。据说当时殷如璋正和副考官谈话呢，顺手把信函放在了桌上，继续他们的谈话。结果这个陶阿顺也没见过世面，久久不见对方回音，竟愚蠢地在岸上喊，周大人请托，内有一万两银票。这不喊还有可能转圜，这一喊，殷如璋立即当众拆开了书信……

本来行贿偷偷摸摸，这下可好，唯恐天下人不知。周福清被抓，此案震惊全国，直接送达光绪皇帝、慈禧太后的案头。

科考大案，动摇国本，周福清本来要被判杀头之罪的。案卷被送到刑部量刑，薛允升认为本案中，周福清想通关节，但事未成，属于"求通"，而不是"交通"，这与"'交通'关节已成"在情节上是有区别的。用现在的话说这属于"犯罪未遂"，不应判死刑，流放就可以了。审理意见呈给皇帝，光绪皇帝御批："周福清着改为斩监候，秋后处决，以肃法纪，而儆效尤。"尽管光绪皇帝并未采纳薛大人的意见，但也听取了薛大人的参考意见，没有当即处死周福清，也算是薛大人保了他一命。

就这样，周福清在监狱里一关就是八年。这期间，发生了中日甲午海战，中国割地赔款；光绪二十四年（1898）光绪皇帝百日维新，慈禧太后忙着镇压；光绪二十六年（1900），八国联国攻入北京。慈禧太后按下葫芦起了瓢，忙里忙外晕头转向，早把被判"斩监候"的鲁迅爷爷周福清忘到了脑后，多亏刑部尚书薛允升薛老爷记着这案子，经他提醒救援，周福清这才获释出狱。

你想想，少年鲁迅亲眼看到家族由盛而衰，从受人尊重的公子哥，变成被人看不起的"乞食者"，切身感受到世态炎凉、人情冷暖。这种心理上的巨大伤害，或多或少造成了他日后敏感、尖刻、对他人不宽容的性格，思考问题的方式也与他人截然不同。当然这都是后话了，我们言归正传，继续说薛老爷。

七、鞠躬尽瘁

话说薛老爷告老还乡，都已经回到了长安县马务村，在这里一方面修桥铺路、造福乡里，一方面准备颐养天年了。谁承想光绪二十六年（1900）八国联军攻入北京，庚子大逃亡，慈禧太后携光绪皇帝西狩西安。说句难听的，这是逃难来了。老太后、老领导逃难来西安，这薛老爷坐不住了，得去见哪，咋也得尽地主之谊。这一见不得了，现在缺人手呢，你是国家培养的老干部，继续发挥余热吧。这下坏了，八十岁老头了，走都走不了。主上开恩也够损的，任刑部左侍郎，赵舒翘时任刑部尚书，老领导辅佐新领导，舅舅跟外甥搭班（薛允升是赵舒翘的舅舅，赵跟着薛学了法律），老太太这工作安排也够损的。没过几天，八国联军不依不饶，非要拿赵舒翘开刀，秋后问斩都不行，非要立即执行。没办法，慈禧太后只好赐死了刑部尚书赵舒翘。接下来，薛允升，你来，继续当你的刑部尚书。

薛允升胳膊扭不过大腿，只好在西安府这个临时首都上起了班，想着太后的临时草台班子，等北京那边安顿好了，他就可以继续回长安养老。

光绪二十七年（1901）八月二十四日，慈禧和光绪从西安起驾返回北京。回京之前，薛老爷叩见老佛爷，一而再再而三地恳求回家养老。上面只冷冰冰地回了两个字：不允。

没有办法，八十一岁的老头只好强打精神，随驾回京。九月初五，队伍入河南省境内，那时候天气已经很冷了。九月十六，当行进队伍来到河南开封时，一路风尘、舟车劳顿，已经八十一岁的薛老爷，身体再也无法承受，病倒在山陕甘会馆。文字的记载不多，只说老头出现了吐血、鼻子流血止不住的症状，有名士推荐服用了汤剂药片，但调养无功，薛老爷不幸离世。

慈禧太后的冷血可见一斑。

有记载说，薛老爷的灵柩抬回西安时是从北门进来的，绕钟楼走西大街，在贡院设灵堂祭奠一个月，皇家赏赐安葬费白银六千两。

祭奠结束，薛老爷灵柩归葬马务村薛家祖坟，现在墓冢的位置就在村中。过去神道两旁的石羊、石马，现在已经遗失。墓冢也多次被盗掘，坟冢现在已经看不到了。

村里老人说，20世纪70年代，村里的薛家祠堂还在。薛家祠堂，修建于清道光年间，后来，薛允升之子薛浚出资，重建了祠堂。祠堂占地十余亩，富丽堂皇，颇为壮观。五间正殿内悬挂的有头戴官帽的薛允升画像，有慈禧太后手书的福禄寿牌匾，还供了几道圣旨。

八、高山仰止

薛老爷八十一岁，身死河南。他的为人处世，自不待言。他的平生所学，给后世的精神遗产及借鉴，让人珍惜的同时又十分遗憾。

薛允升生前仅有四部手订之书：《读例存疑》《唐明律合编》《汉律辑存》《服制备考》。但是，区区这四部书，非薛氏著述之全部，仅九牛一毛而已。根据沈家本记载，薛氏"积成巨册百余"，这该是多么壮观的一个场面！另一方面，薛允升尚有若干遗稿，为同僚假借传抄，但似乎薛氏对此并不在意，而且也不视之为平生重要之著作，因而在其生前并未特别加以编订。

沈家本担心，如果薛允升的著述"无人为之表章而剞劂之，则亦将不传"，尽管薛氏之著作可传者甚多，但不能尽传已成定局，则对于"是编"（即《薛大司寇遗稿》之刊刻），虽非薛氏"精意所存"，终究可以略补心中之遗憾。

薛允升的埋没，是中国法学界的一大损失。时至今日，研究他及其专著的人还是寥寥。昨天在西北大学图书馆电脑里查了一个"薛允升"的词条，发现能详细记载他经历的资料都没有，实在让人可惜。

薛老爷德高望重，只可惜生错了时代。他一生清廉，两袖清风，去世后，家中日渐拮据。大家看在眼里，记在心上，念叨老领导的好，一大批亲朋好友都愿意为其家人募集资金进行接济。大家敬其廉名，不愿以公开救济的方式，以避免"对死者不敬"，便纷纷以高出市价许多倍的价钱认购其遗物、家产。最后，薛老爷在北京的宅院"老墙根十六号"也被他的同僚兼好友、后世人称中国法学第一人的沈家本与其他人一起高价买下。

老墙根十六号的宅子是一个标准的四合院，人称"状元府"。其实薛老爷本人并非状元，他在咸丰六年（1856）及进士第，是为三甲第四名，因为他在法学方面的建树，后世传来传去就成了状元府。状元府位于现西城区菜市口老墙根街（原来被称为老墙根儿胡同），有院子三进，正房前有五层台阶和两侧的坡形护阶石、垂花门、影壁、抄手游廊、隔断，十分讲究，但几经劫难，已面目全非。

九、后代通考

记载薛老爷的史籍不多，《清史稿》中的资料已算全面。薛老爷的公子叫薛浚，字小云。上文那个《春明梦录》中还记载过他的一个侄子叫薛济，

咸宁长安两县志记载的薛允升父子

从偏旁都是三点水上看，应该是兄弟。薛浚生于咸丰八年（1858），出生地是西安府的胡袄寺。那一年薛大人三十八岁，刚刚中进士两年，他应该也是在家乡长安成家的。薛浚颖悟过人，十九岁中进士，任职为内阁中书。有记载说，内阁为国家政事荟萃之区，浚官中书前后垂三十年，虑周藻密，于二百年来典章制度、因革损益、洞悉源流，言之如数家珍。历任上官倚如左右手，有大著作必属浚主笔。历次京察，皆

以一等记名道府。久之，由侍读转礼部郎中。

薛浚这一点很得老爷子真传，他不仅才能出众，写得一手好文章，脾气还特别好，说他在中枢工作三十年，气度娴雅，生平未尝疾言遽色；与同事交往斟酌行事，皆深合体要。庚子之变，薛浚侍候父亲薛允升一起随扈回京，行在礼部办事。薛老爷去世后，他也辞官回家守孝，只可惜老爷子光绪二十七年（1901）去世，第二年西安天灾，粮食发生霉变，薛浚吃了发霉粮食熬的粥，不幸中毒，就没有抢救过来，九月初十辰时一刻，卒于圣寺祖师法座堂中，年仅四十四岁。薛浚有没有后人，不得而知。据说薛浚也写了不少东西，但没有刊刻，十分遗憾。

薛浚有一个姐姐，好像叫茵兰，不知道大名。据传是嫁给了一位高官做正妻，辛丑年姊坐慎斋制殉。这一句语焉不详，清朝康熙皇帝时已经废除了人殉的制度，但民间还在鼓励这种行为。这实在是个让人遗憾的事。薛老爷研究了一辈子法律，对他女儿殉难这件事，不知作何感想。时代的悲剧，谁也逃脱不了，我想他老人家也很难过吧。

从目前掌握的史料看，薛老爷有两个孩子：一个女儿，一个儿子。薛老爷去世仅一年，他的儿子也去世了，拿沈家本号召同僚亲友资助薛家的情况看，薛家应该还有亲人后辈，但后来情况如何，不得而知。至于后辈们的下落，我也通过好友多方打听，最近这三四十年，没有薛老爷家后人来马务村薛门寻亲。薛老爷这一支的后代，已湮灭于茫茫人海……

（此篇与郑辉合作）

武功县看康海
这个对秦腔有再造之功的人曾是状元

在陕西关中，从东府到西府，秦腔都有着深厚的群众基础。在关中道上，只要提起一个人，都会引起秦腔迷们由衷的敬佩和赞叹。这个人就是大名鼎鼎的康海。历史上的康海，际遇十分坎坷，可以说从身居高位瞬间坠落。但他的不幸却给秦腔带来了极大的繁荣，可以说让这个剧种在中华大地至少领先五十年，康海对秦腔有着再造之功。

打从隋朝科举制开始到清末废止，陕西历史上共中了二十二位状元，有明一代二百七十六年，陕西仅中了两位状元，一位是高陵的吕柟，另一位就是武功的康海。

在浩瀚的中国文学史上，人才辈出，灿若星辰。康海位居其中，星光熠熠。他不仅是明朝的前七子之一，而且堪称秦腔的鼻祖，他的诗作，尤其散曲文学艺术之高，可与苏东坡、辛弃疾的词媲美。

一

对了，我这次要看的人就是状元康海，这一天是 2018 年的 12 月 16 日。

冬日午后，阳光正好，被雾霾笼罩了多日的天也透出了微微的蓝，走在去看康老的路上，心情格外舒畅。

康海先生生于成化十一年（1475），逝于嘉靖十九年（1540），寿六十六岁。从他去世距离今天，已经四百七十八年。

我对他的作品知之不多，尽管身在陕西，但对秦腔的了解也止于我爷爷的喜爱。小时候，爷爷带我看过《铡美案》《三滴血》《火焰驹》等折子戏，也曾从爷爷那里学念两句戏文。只可惜我

康海（1475—1540）

对秦腔苍凉、极尽声限的嘶吼感到震恐，好像从来都没有喜欢过。因此，我对这个为秦腔做过巨大贡献的康海先生的关注度实在有限。

我喜欢他，是因为他的关中人的耿直与倔强。按说他年二十八岁就殿试第一、高中状元。入了皇帝的法眼，任翰林院修撰兼经筵讲官，从政的舞台、晋升的阶梯已为他徐徐展开。只可惜八年后，太监刘瑾以谋反罪被凌迟处死。康海曾为救文友李梦阳，与刘瑾通宵饮酒，从而受到牵连，削职为民。被他救过的李梦阳却没有救他，大家劝他向皇帝申辩，被他断然拒绝。看穿世事的康海想要"花底朝朝醉，人间事事忘"。后世评价他"刚正不阿，藐视权贵，颇具秦人风范"。

从此后，康海啸吟江湖三十年。自操琵琶创建乐班，人称"康家班社"。与户县王九思共创"康王腔"。（这个王九思也是明七子之一，和康海一样受刘瑾案牵连。）两人曾广集千名艺人，参与秋神极赛活动，自己排练和演出。后来，在康家班基础上组建的张家班，又名华庆班，在历史上活动长达四百多年。可以说，康王二人，在秦腔艺术的发展史上，建树了不朽的功勋。

除了写作，康老还亲自操练。有记载说，康海弹琵琶，出神入化、登峰造极。明末清初的文学家吴梅村评价他"琵琶急响多秦声，对山慷慨称入神。同时溪陂亦第一，两人矢志遭迁谪。绝调康王并盛名，昆仑摩诘无颜色"。对山是康海先生的号。曾经，他在扬州焦山举办个人琵琶演奏会，观者如痴

受保护前的康海墓

如醉，近乎疯狂的粉丝把焦山的名字都改成了"康山"，以此来纪念这位闻名天下的琵琶演奏家、文学家。

据说现在故宫博物院中藏品最大的根雕作品，叫作"流云槎"，就是康海在扬州的遗物。"流云槎"用天然榆树根雕成，形似紫云，可作卧榻，原藏于扬州康山。去故宫的朋友，可以留心一下这个"流云槎"，快五百年了，先生已逝，遗物仍在，让人慨叹时光的飞逝。

二

我们沿 227 县道一直向北，迎面的车辆络绎不绝。岳父说："今天是当地有名的河滩会。"我问："什么是河滩会？"他说："这是当地民间的物资交流会。"挺有意思，仿佛广州高大上的广交会，只是这是民间的集会。先生在世的时候，也有这样的河滩会吗？人山人海的交易场面，在那时估计也是远近闻名吧？

至临杨路右转，高德地图提示康海墓就在前方七百米处，开了几分钟，感觉过了，不敢再开，下车问一老人康海墓在什么地方。老头比较木讷，不善言辞，顺手给我指前面拐弯处说："就在那里，路的右首。"问他："来看康海的人多不？"老头摇摇头："不多。"

原以为康海先生的墓就在路边，谁知道路边都是农家小院，根本看不见墓的影子，又开过了，回来在村道中间询问，一中年妇女手往西指，说就在

新修的康海墓园

里边。

　　我们还是将信将疑，等到走近才发现，原来农家小院的隔壁，也是一个小院，门头悬挂康海墓园的匾额。原来康公和这些乡亲待遇一样啊，也住小院。

　　只可惜，铁将军把守，大门紧闭，推了推，很牢固。想起了当年去河南看坡公，也吃了个闭门羹。今天康公该不会不见吧？我想。

康海墓

跑斜对面去问正在晒太阳的父子俩，那位父亲告诉我，钥匙在隔壁呢，你去问。于是轻手轻脚地去敲康公邻居的大门，轻手轻脚是怕有狗。一位大个子老人应声出来，拿了钥匙给我们开门。我问："来看状元的人多吗？"

"不多，好多人都不了解这个人。"老人说。

陕西人说话结实，开口就煞尾，让人没有要接话的冲动。

开了门，老头说："你们走时关上门就好，不用招呼。"

墓园很简陋，一条小小的通道把墓园分为三个功能区，祭祀、纪念和花园。土丘被砖箍住了，不大，干净整洁，上面是长长的草，有些年代了。我们赶忙踏上台阶，给先生深深鞠了三个躬。先生当年能在全国百万学子中杀出一条血路，高中状元，时过多年，仍让人十分敬佩。先生不为权贵折腰，被削职为民时仍刚邦硬正；更难能可贵的是，回到故乡，先生没有消沉，而是积极向上，带领一帮志同道合的乡友发展陕西的秦腔事业，让秦腔这门艺术在陕西及周边发展壮大，为中国戏剧事业做出了巨大贡献。

夕阳西下，暖暖的阳光越过坟头照射在这些略为枯黄的青草上，更显岁月的沧桑。先生背依紫凤山，眺望巍巍秦岭。世世代代生长在关中的人们，死后能眺望秦岭对他们来说是一种幸福。四百七十八年前，先生出殡，周围十里八乡的老百姓、秦腔社团都赶来了，为这位秦腔巨擘送行。乡亲们敲着锣鼓家伙，时而高亢、时而激越、时而苍凉、时而揪心裂肠；白色的巨幡在风中摇曳，鞭炮声声为老先生送行，放眼四望，紫凤山周围估计塞满了人。时光一个倏忽，四弦一声如裂帛，唯见夕阳照坟头。

先生寂寞吗？先生寂寞呀！只可惜我连一句像样的戏文也不会唱。前不久，儿子从云南回来，他爷爷教他几句秦腔：祖籍陕西韩城县，杏花村中有家园。……俺老爷子还会几句，岳父一家是河北人，对秦腔更是不喜欢，只好在墓园随处走走，实在对不住了，老先生，我下次来一定给您唱两句。

三

西边的墙上，画着老先生当年设计的四个脸谱。有记载说，在陕西武功境内出土的明代"康海脸谱"是目前发现的最早的秦腔脸谱，中国京剧中的脸谱都是学习秦腔的脸谱而来的，就是说，康海对中国戏剧的脸谱发展有着巨大的贡献。

在墓园中间站定的时候才发现，啊，这里还立着一通大碑啊，急着上去给先生鞠躬呢，把墓碑都忘记了。墓碑顶部浮雕是二龙戏珠，二龙戏珠在全国很多地方的碑石上都能看到，实际上就是龙戏"卵"，人们用龙这个神物，来表达他们对生命的呵护、爱抚和尊重，对转承不息的生命现象的认识、理解和发挥。碑文中间一行大字：明状元康海之墓。落款是武功县人民政府，时间是2010年。也就是说，这里修建成这样，也才八年时间。后来发了一篇图文到网上，网友解释，说过去状元墓的封土堆很大，四百多年间，神道的建筑、碑文散落得到处都是，渐渐都找不到了。农村浇地，大水灌进了墓道，把封土都冲塌了，这座墓是后来修的，据他推测，真正的墓可能都在墓园围墙之外了。这是网友的推测，那位网友就生活在这里，应该对这里很熟悉，他的看法可能也是很多老辈人的看法。我们暂存他的观点，等待最新的考证。但不管怎么说，先生葬在这里，是毋庸置疑的。

碑文上记载，北面的小山包就是紫凤山，大路口的牌子上写的紫凤村，碑文介绍说是八一村，史料上说是浒西村。我不解，继续问网友，网友答，这是当地政府为了便于管理，把几个小村合成了一个大村，取名叫八一村。康海先生墓原所在的这个村叫紫凤村，确切地说，应该叫紫凤组。风还是凤，高德地图上表述是凤，网友说是凤，也暂存意见吧。但把这个地方的名称算是搞明白了。紫凤山这个地方有两条河流经过，康海先生墓正好位于漆水、沣水两河交汇三角地带的凤凰嘴，河水蜿蜒曲折，从西宝高速下穿过，汇入渭河。当年在西宝高速的路牌上看见这个名字的时候，觉得这个名字太好听了，是说河水黑得像漆一样呢，还是有别的用意，我不得而知。再后来，我知道了这条河竟是八百里秦川的母亲河，周人在这条河里捞鱼祭祀，秦人在这条河边放牧牛马，唐太宗李世民把九成宫修建在漆水河边，再后来，这条河孕育了一代大文学家康海康状元。现在，这条河还在默默奔流，不舍昼夜……

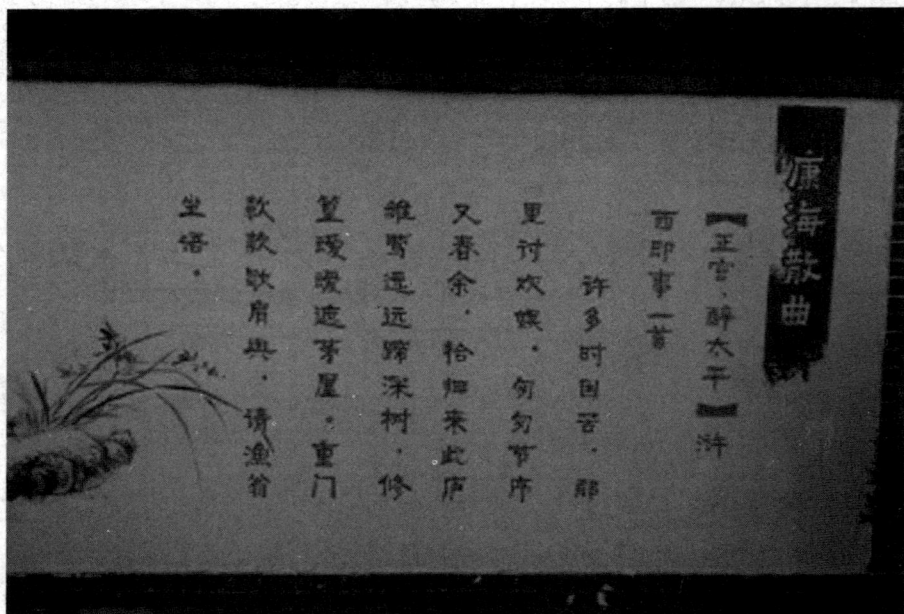

康海创作的散曲

站在状元墓碑前，再给先生恭恭敬敬地深鞠一躬。人们评价先生自京城回到乡野武功县，这里的文学水准骤然提升到全国的最高水平。后人说先生编撰的《武功县志》，源出《汉书》，其体例之严谨，结构之工整，"文简事核，训词尔雅"，"乡国之史，莫良于此"。评价之高，令人咋舌。这本《武功县志》后来被编入《四库全书》，后世编撰地方志，多以康氏此志为楷模。

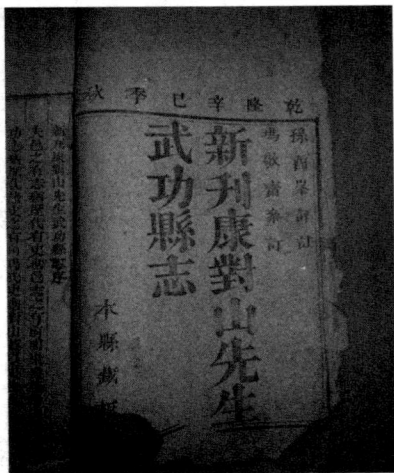

清乾隆年间《武功县志》刻本

还有呢，作散曲更是他的拿手绝活，他创作的散曲至今存有套数三十余首、小令二百余首。陪王九思在渼陂湖游玩，他写下"有时节望青山看绿水乘嘉树，有时节伴渔樵歌窈窕盟鸥鹭"，先生的欣喜之情，溢于言表。在墓园的白墙上，还选录了他一首散曲："许多时困苦，那里讨欢娱，匆匆节序又春余，恰归来此庐。雏莺远远啼深树，修篁疑疑遮茅屋。重门款款歇肩舆，请渔翁坐语。"到底生活在漆水河边，他自称渔翁。可到了戏文《中山狼》里，他则怒斥那个忘恩负义的人，让自己受了牵连："真个是不精不细丑行藏，怪不得没头没脑受灾殃。"杂剧《中山狼》就出自康海先生之手，这一剧作在中国多种戏曲中成为经典剧目上演，就连曹雪芹在中国伟大的小说《红楼梦》中都提到了《中山狼》，足见当时这一剧作在中国大地传播的影响力。

四

除了《中山狼》之外，康海还创作了《王兰卿服信明忠烈》《杜子美游春》等剧本，并让戏班排练。康海的继室张氏，出身乐户，能歌善舞，声震秦中。并培养出较有名的演员双蛾、小蛮、春娥、端端、雪儿、燕燕等，更有"随身四帅"金菊、小斗、芙蓉、采莲，深受观众喜爱。康家班演出的戏"歌有新词、舞有娇姿"，三十年红极家乡，对秦腔发展影响很大。值得一提的是，康海还扶植周至的张于朋、王兰卿。在康家班的基础上又组建了张家班。张家班，又名华庆班，不仅在周至、户县、眉县，以及陕西其他州县演出，还曾随陕西的盐商、木商到过江浙一带。受到康海扶植的张于朋多才多艺，不但会演戏，还会编戏、排戏、打鼓等。他的妻子王兰卿，是渭河南边周至县城内乐户王锦的女儿，自幼学艺，聪敏好学，七八岁就能吹拉弹唱，所事皆通，与张结为姻缘。王兰卿为张家班骨干，她唱做俱佳，其情感人，表演出色，为西府剧坛之冠，亦为明代中叶最著名的秦腔女演员。应该说，有了这些优秀的表演人才，康状元的创作才能得到最大限度的展示。

官场失意，康海充分利用民间的戏曲，把自己的不平、愤懑进行彻底释放。如果我们从这个层面理解秦腔，就能从这种掏心掏肺、酣畅淋漓的表现中感受到康海给予秦腔的精魂。京城，曾经是他少年追逐的梦，是他实现理想，回报祖辈们期望的舞台，然而遇到忘恩负义的人，官场又受到打击，他的沉郁与刚正，也让他的人生经历了太多的人情冷暖，经历了太多的落井下石，经历了太多的曲折。他的内心在暗夜中挣扎，前路漫漫，高大冰冷的官场从此与他无缘，他的故乡，他的乡友，他的父老乡亲肯容纳、接受他这样的一个被处分的干部吗？

刚正所表现出来的决绝，在外人看来没心没肺，甚至冷血，然而这对一个关中汉子、满腹才学的人来说，他的心中有太多的压抑，随着时间的流逝，这样的压抑也在不断地淤积，淤积，他的才情开始为他的吟啸江湖做着各种各样的准备。那一刻，见到了久违的亲人；那一刻，见到了久违的故乡；那一刻，听到了浓浓的乡音；他的才情需要倾诉，需要释放，不，更需要爆炸！

乡亲们说，孩子，你想哭就尽情地哭，你想笑，就尽情地笑吧。这里是咱们的地盘，这里是祖辈们共同打造的天下，没有背叛，没有尔虞我诈，没有互相猜忌与攻讦。巍巍的秦岭、清澈的渭水，这里有周台汉原，斜阳衰草，这里有人世的沧桑和深厚的文化积淀，现在请挥舞你如巨椽般的大笔，为这一方水土与亲人尽情地歌唱吧。

在康海墓园，我仿佛听到了那激越的锣鼓已然敲响，看到了那刺破暗夜的光芒撕开了无边的暗夜，苍凉悲怆的秦腔从那灯火中扑面而来，咚咚咚，康海的脚步踏在这黄土地上，震响着关中大地与人们的心灵……

那是一段难忘的岁月，那是一段开心的人生之旅。康海在父老乡亲的陪伴下，在关中川原间穿行，清清的渭水，让他的心怀坦荡；渼陂湖镜鉴琼田，低头都是水中天，他要会友，他要听歌，就连那远村深树中的茅屋都让他惊喜万分。

五

后人评价，康海一世，是康海一人的不幸，却是秦地父老的大幸。渭河的落日，秦岭的怀抱，关中的厚重，都带给了康海的人生无穷的动力和创造力。

秦腔脸谱

秦腔，一个古老的地方戏曲剧种，能成为全国戏曲的鼻祖，康海功不可没。

站在康海墓前，看他的生平，妻说："我咋都没听说过这个人？"我说："是。他不为更多人所知的是他对秦腔的贡献，很多人听不懂秦腔。再说了，他在整个文艺界的成就，也大都与秦腔有关。他的名头，是世世代代喜爱秦腔的山野村民给的，这是最接地气的一群人。可这样的人，有几个会写篇文章，发到网上，印到书上给人看呢？康海没有进入文学圈，没享大名，实在是遗憾哪！"

"你说他在乡野畅快，听歌作曲，他热爱秦腔，他的经济来源呢？"妻问。是啊，嘉靖十九年（1540），康海去世时，人们也以为他有多少钱呢，结果一检查才发现，他还有好多欠条，史书记载是"借金百余"。但大小鼓却存了三百多副，创作的秦腔脸谱就不用说了，光近代出土的就达到一百三十一副，实在是应了那句话"康海不幸秦腔幸"。康海为秦腔艺术的发展，厥功至伟。

四百七十八年前，康海去世，终年六十六岁。知道自己时日不多，康海告诉亲人，去世后不着官服，以山人的巾服成殓。

三十年了，人们已然忘了，可康海没忘，他内心的抑郁还在哪！至此，一代文学大家、一代秦腔先哲，永远地融入武功的天地之间。看日出日落，清风明月；仰望秦岭巍巍，低首漆水潺潺，听闻秋虫悲鸣、老牛哞哞，一切来自尘土，一切又归于尘土。

他去世的那一年，朝廷也得到了信息。明世宗朱厚熜亲自下令，给先生在武功县当地修建祠堂，以供世人纪念。有消息说，现在先生的祠堂还在武功镇，听说已经很残破了，需要尽快修复。

临别，站在先生墓前，想告诉先生，那个李梦阳长先生两岁，但他早先生十年就去世了，也喜欢秦腔。大家都喜欢秦腔，又都来自秦地，都是文学大家，就不要再纠结了，天地悠悠，我们都是这个世界的过客。

夕阳西下，暮色渐起，我们一行开车离去。山原起伏，道路曲折，周围的田野里，麦苗青青，给这个冬天增添了一抹绿色。等到白雪遮盖原野，我想，这个时候在渭北旱原上大吼秦腔，让康状元听到，那是怎样的一种畅快啊！

华枝春满 天心月圆

2019 年 11 月 12 日，我随台里"丝路万里行"的车队再次来到了古城泉州。上一次来这里是 1995 年，距离现在已过去整整二十四年。2003 年夏天，我在北京翠微第一次见胡一刀，问他哪里人。胡一刀答，福建泉州。我说，我去过，开元寺。胡一刀接，弘一法师。相视片刻，我俩都笑了。

人与人有缘，人与地方也有缘。就好比秦始皇与咸阳、刘邦与长安、白居易与西湖、苏东坡与黄州、弘一法师与泉州……

开元寺双塔

泉州开元寺西门

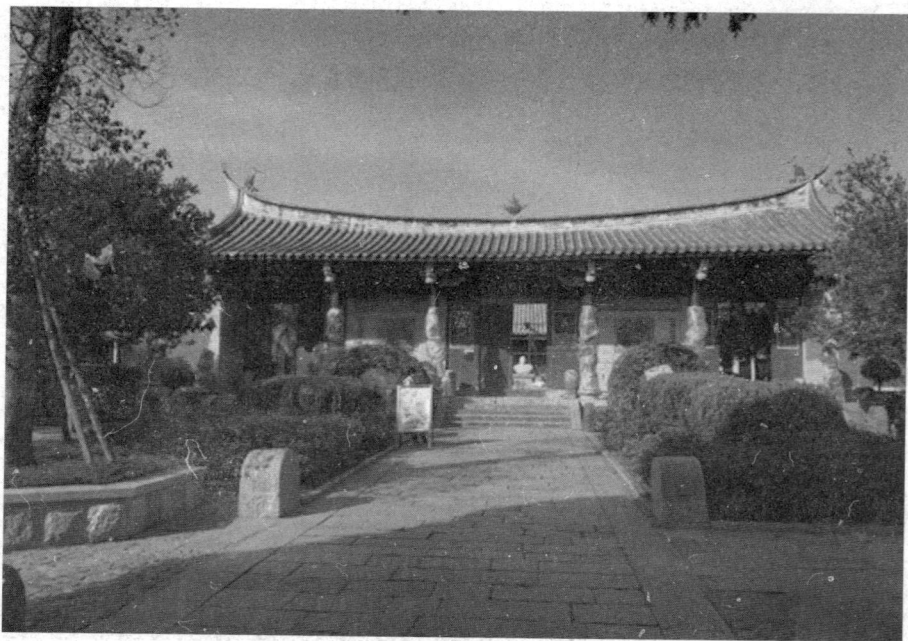

弘一法师纪念馆

是啊，泉州对我有着非常大的魔力，因为那里有开元寺，有弘一法师。在我的潜意识里，弘一就是坡公的转世：上一世，他没有进入佛门；这一世，他坚定地抛家弃子，全身心地投入，完成他上一世未了的心愿。上一世，他受尽磨难，政敌无情打击；这一世，他浓缩人生，早遁空门，一心向佛，享受佛门月白风清，纵一苇之所如……

12 日晚 7 点，车队抵达泉州西湖边的洛克酒店。行程未定，不知道 13 日早离开还是有别的安排，在还不能确定的情况下，我决定当晚就去开元寺看看，管它关不关门。查了一下电子地图，距离住处仅两公里，于是决定步行去开元寺。

当时是农历十月十六日，月光皎洁。站在开元寺西门的时候，大门果然紧闭，透过栅栏门向里观望，能隐约地看见双塔。想想我 1995 年 8 月来到这里时才刚参加工作，住在豪华的泉州宾馆，再次出现在这里的时候，一晃已经二十四年过去了。二十四年前，我想要开创一个属于自己的未来，二十四年后，我带着怀念而来，来到泉州开元寺，与其说是对这里有所向往，更多的我想是对自己年轻时的一个纪念。还好，二十四年过去，这里依旧是这里，弘一还是那个弘一，一点没变。

月华如练，长是人千里。一个人，二十四年前、二十四年后。

一、意外惊喜

当晚回到酒店，车队通知，明天上午去海丝博物馆采访，下午休整，后天一大早出发。这样，就有时间再去开元寺了，真是意外的惊喜啊！

第二天上午，我们顺利完成了海丝博物馆的采访，对泉州城有了一个直观的认识。这里很早就有人远洋海外，是多种宗教文化的聚集地，也是福建最有钱的地方，人口九百万，海外侨民有两千九百万，全世界的豪车泉州街头都有……

只是，我还惦记着开元寺，惦记着弘一法师，中午吃完饭，我又匆匆奔向了那里。

12 点多，我再次来到双塔下，东瞧瞧，西看看，感受一下弘一法师住在这里的清静。然后坐在一棵大榕树下，入定。

小睡了一会儿，起来在大殿外拍弘一法师书写的对联"此地古称佛国；满街都是圣人"。对联原作者是南宋大儒朱熹，弘一法师写得歪歪扭扭，但确实看着很舒服，很安静。书家评论他的字干净圆融、安静平和，空灵简远。其实我一直觉得书法是审美，不是审丑，现在有些人的字写得奇奇怪怪，还价钱老高，实在看不懂。大师的字我也不懂，但看了很顺眼。我想，有着绘画大师功力的弘一法师，对美有着自己独特的理解吧。

又去看了看庙里的飞天，开元寺庙里的飞天妙音鸟都是艺术珍宝、绝品，非常值得一看。

接着，我循着路标指示牌找到了庙里的弘一法师纪念馆。可惜纪念馆正在装修，闲人免进。门口是大师的塑像。我仔细观瞧，说实话我一点都不喜欢，没有展示出弘一法师的神采，却把人的目光吸引到他的衣服上去了，没有超脱，眼睛也无神，不是悲天悯人，而是一种漠然，不知道人家咋审美的，大师看了，又不知作何感想？

二、小山丛竹

从开元寺出来，已经快到下午 4 点了。我决定去一下小山丛竹弘一法师圆寂的地方看看，了我多年的一个心愿。从开元寺出来，顺新华北路，转城北路、过朝天门，沿北门街到都督巷一点五公里。不急，慢慢走吧。

街上人不多，我也走得慢，我想从这里往小山丛竹走的路，也是弘一法师惯常步行的路吧。刚好看看景，看看人，也给大家简单介绍一下弘一法师。

弘一法师原名李叔同，1880 年出生于津

弘一法师（1880 – 1942）

弘一法师造像

门巨富之家，自幼受过良好的教育。1906 年考入东京美术学校油画科学习，同年，组建了中国第一个话剧团。1908 年，他专心绘画和音乐。从日本留学归国后，李叔同担任过教师、编辑之职。1915 年秋，先后写下了诗词《早秋》《悲秋》《送别》等，南京大学校歌也是他在这一时期创作的。

　　1918 年正月十五，李叔同在杭州虎跑寺剃度为僧，正式出家，法名演音，号弘一。1942 年九月初四圆寂于泉州。他是中国新文化运动的前驱，是"二十文章惊海内"的大师，集诗、词、书、画、篆刻、音乐、戏剧、文学于一身，在多个领域，取得了很高的成就。

有人说，弘一的一世顶别人的两世。经历过人生的繁华，又在最繁华处遁入空门，修炼成一代宗师。从闹市到佛门净地，唯一贯穿始终的，是他的才能。你看看，他的多才多艺和坡公的诗、词、画、书法等全能是不是很像呢？他的《送别》从创作至今，久唱不衰。著名音乐人朴树演绎这首歌的时候，大家听着都十分陶醉。朴树说，我要是能写出这样的句子，甘愿立即死去。很有高冷范的女作家张爱玲说："在弘一法师寺院的围墙外面，我是如此的谦卑。"

弘一法师手书

弘一法师不仅有着卓越的艺术造诣，还先后培养出了名画家丰子恺、音乐家刘质平等一批文化名人。他苦心向佛，精研律学，弘扬佛法，普度众生，被佛门弟子奉为律宗第十一代祖师。

弘一法师的一生充满了传奇色彩，他是中国绚丽至极归于平淡的典型人物，给世人留下了咀嚼不尽的精神财富。太虚大师赠偈："以教印心，以律严身，内外清净，菩提之因。"赵朴初评价大师的一生："无尽奇珍供世眼，一轮圆月耀天心。"

三、满街圣人

人说泉州这样的城市，大家都忙着挣钱，街头人们的步行速度应该很快。但我在泉州街头走，发现人们脸上的表情很平和，甚至悠闲，与别处不同的是，街头的行人不多，大家可能都在各地忙吧，我想。

走过朝天门，气势恢宏，古色古香，和四川阆中的古城楼类似，与西安的南门城楼有着不一样的风格。这里原来是泉州的七城门之一，2001 年重建，不知道弘一法师在世时是不是旧的城门楼还在。听介绍说，过去在泉州，每逢节日在朝天门周围都会举办民间文艺表演踩高跷，俗称"缚柴脚"，是一种民间的舞蹈形式，扮演者身着戏装，浓妆艳抹，且歌且舞，表演者装扮成戏曲折子戏上的人物，演奏如《闹天宫》等耳熟能详的戏曲，热闹异常，各方群众都聚集一起，甚为壮观。

我想，法师在泉州时，没准也在人群中欣赏这种地域特色浓郁的民间表演吧？一时浮想联翩，感觉周围有好多民间艺人在表演一样，站在法师身边，让人神往。

一扭头，竟还发现了一座彩塑的小庙——文胜宫。远远地看了看，这座庙不大，但香火很多，有的还是点燃的状态，看来有人刚刚拜谒过。门口好几个老太太在打麻将，表情严肃，打得很认真。

这边的马路边，停了一排排摩托车，车上放着工具，近旁或站或坐好多人，一看就是找工作打短工的。为抢活，一个个眼光锐利。我从他们身旁经

都督巷口巨大的榕树

美丽的刺桐花海

过时，那些人抬眼看一下我，表情立即明白，嗯，外地人。

好吧，阿弥陀佛，继续赶路。

在都督巷口，看到了一棵巨大的榕树，特别大，我用手机反复拍照，呈现在镜头里的感觉都不够大。这棵树下法师一定走过，能长成这样，至少有几百年了。遥想 1928 年初夏，法师已出家十年，粗衣芒鞋，法师从杭州起程去厦门，途经泉州时，无意间在石头古城看到了大片灿烂的刺桐花，很有世外桃源的感觉，就一下子喜欢上了这里。于是，法师决意改变行程，隐居泉州静修佛事。这一次的不期而遇，让法师与泉州结下了长达十四年的缘分。

四、悲欣交集

我在一处建筑工地门口停了下来，问路边一位打电话的中年男子，小山丛竹在哪里？看装束他也不是本地人，在打电话，用手指给我往工地里指了指。我抬头看横幅，是江西的一家公司在这里施工。

路面还没有铺设完成，坑坑洼洼的。往里走，一扭头就看到了我多次在资料照片上看到的晚晴室。真好啊！我想，法师 1942 年去世，七十六年过去了，这栋小房子竟然完好无损，真是让人惊叹！法师著名的"悲欣交集"就出自这里。

快步向晚晴室走去，这是栋典型的南方的房子，前面专门修了一廊檐，可以避雨，也可以晒太阳。法师晚年估计每天也坐在这个廊檐下晒太阳。"晚晴"二字让人眼前一亮，还富有哲学意味。晚晴温暖，不刺眼，只是时间太短，让人惊喜，让人留恋，让人遗憾。好像历代中国文人都喜欢这个词，杜牧还专门写过《晚晴赋》，在他笔下："紫阁青横，远来照水。"美吧？坡公也用过这个词，看来也情有独钟。"天意怜幽草，人间重晚晴"是李商隐的诗句，更富有哲理。我想，弘一法师之所以给他的住所取名晚晴室，一是贴合老人喜爱晒太阳的特点，二是这句诗里能体现出的禅意与慈悲心。

弘一法师绝笔

我先是趴在中间房子的小窗上往里看，小房子里堆放的都是建筑材料，还有两块石头，上面搭了块小木板，应该是工人们中午休息时用的。墙面是

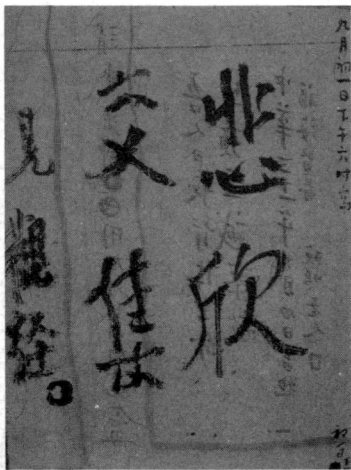

小山丛竹纪念碑（正背面）

重修中的晚晴室

灰白的，没有任何痕迹。两边的两间房子里也是建筑材料，不知道法师是在哪间房子里圆寂的，我只好向每间房子里都双手合十，鞠躬致意，问候法师！记载说，1942 年入秋后，法师就如同一只倦鸟归栖于"小山丛竹"，谢绝一切讲学，若非静坐，即在念佛。

走到房子侧面，刚好阳光照过来，午后的阳光，暖洋洋的，一定合大师的意，也让人透彻理解法师取名晚晴的意思。晚晴室的后面，那株高大的玉兰树也还在，感觉很亲切，它是目睹法师离去的生物呀！只是它不会说话。

回过头来，发现了"小山丛竹"碑，周围堆满了要铺设的地砖。仿佛明珠投进了污泥，显得很寒碜。有谁知道，这"小山丛竹"四个字是圣人朱熹所题。早在中唐时期，"温陵甲第破天荒"第一人欧阳詹与大文学家韩愈为同榜进士，后人在这里修"不二祠"以祀之。到了南宋时期，著名理学家朱熹在这里"种竹建亭，讲学其中"。这里一时从者如云，学风浩荡，成为泉州古八景之一。

再后来，弘一法师来到这里。热闹的时候他不来，冷寂的时候，他偏来了，这一点和坡公的脾气很像，似坡公的再世，享受这里的文气，享受这里的安闲。"余昔在俗，潜心理学，独尊程朱，今来温陵，补题过化，何莫非胜缘耶！"咋能没缘分呢，上一世，你把人家老师程氏兄弟都不放眼里，现在来到这里，不是来和解吗？"坡公"哪，你这姿态也太足了，竟然坐化在这里，这得需要多少年的认知，才能让你有如此的感悟！

五、天心月圆

长亭外 古道边

芳草碧连天

晚风拂柳笛声残

夕阳山外山

天之涯 地之角

知交半零落

一斛浊酒尽余欢

今宵别梦寒。

在小竹园里，我反复吟唱大师的《送别》，一遍一遍，让人伤感。今天，写这篇文章时，朋友圈里都在传我的一位朋友、好大哥马亮去世。大家的怀念让人感动。马亮生于 1963 年，今年不到六十岁，让人遗憾。想想我们也都人到中年，不知道从何时起，朋友、亲人随着各种理由"离开"，我们也开始面对和正视各种各样的生离死别。从年轻的时候一路走来，我们并不是那么在意离别，自以为有远大的前程在前面等着我们。直到有一天午夜梦回，突然感受到些许的孤单，回想起过去单纯年代的玩伴，如今一一离我们而去，见到面的、见不了面的，都已经物是人非……

让"悲欣交集"来做"送别"的注释吧，既悲且欣，耐人寻味。下一世的见面，该有多少的悲与欣？

站在小山丛竹大门内，面向晚晴室，深深地向法师再鞠一躬。我其实一直想请教您，时隔二十四年来看您，和您出家二十四年的时间是一致的，这也是缘分吧？

您一定笑着告诉我，也许，有吧！世上哪有这么巧合的事？

六十三个流年，在俗三十九年，在佛二十四年，恪遵戒律，清苦自守，传经授禅，普度众生。

我离开了，没有回头。感觉背后法师向我挥手作别，这是 2019 年的 11 月 13 日下午。两年后重读这篇文章时，回忆曾经在"小山竹丛"的种种，法师的话言犹在耳。法师说，许多事情你尽力了，就足够了，别去为难自己。每个人都会有一段艰难的时光，别折磨自己，别害怕，都会过去的。想起这两年的心灵磨难，真是悲欣交集，大师的嘱咐就仿佛坡公的嘱咐。上一次他在修自己；这一次，他在度人。

问余何适？廓尔忘言。

华枝春满，天心月圆。

是啊！

华枝春满，天心月圆……

我于李敖大师没有恶感

1994 年，我参加工作。

之后的几年，每月的工资总是三百元左右。学校里学的东西基本没用，到社会上打拼，可骨子里却还是学校里的清高，俨然自己还是个读书人。可是，现实的窘迫总是让人抬不起头。

那个时候，还没有脱离一个读书人的追求。上班的闲暇，常常去东大街的新华书店看书，看的时候多，买的时候少，主要原因是没钱。

那个时候，街上还允许摆小摊。我的为数不少的盗版书就是在书摊上买的。那些书当中，就有李敖的文集。我印象十分深刻，那书很厚，字很小，错别字不少。但这并不影响我的阅读，我那个时候特别崇拜他，这家伙，能把那么多的史籍找出来，讲的故事都是古代的，可是，也算是半个读书人的我，发现有很多我竟没有读过。

很长一段时间，我都是一边读他的书，一遍翻看史料，恶补我的亏欠。

再后来，他在凤凰台开办小版块《李敖有话说》，这是我特别喜欢的一个小评论节目，当中听他嬉笑怒骂，点评时弊，他看问题的角度总是与众不同。

我常常想，他说话刻薄，批评别人，也得面对一个又一个的反击，这得

李敖（1935—2018）

有多么强大的心理啊！面对恶狠狠的挑衅，他似乎充耳不闻，这的确是到达了另一种境界。

前不久，他因脑癌入院，做手术前，李敖大师邀请他骂过的人一起坐坐吃个饭，算是请大家原谅。读那段话时我在暗想，原来，他也知道人在骂他啊，他一直在装作听不见。人之将死，其言也善。我仔细搜罗，那些挨他骂的人似乎并没有多少反应，大家似乎都不想理他这一茬。

之后多次，翻看陈文茜的微博，想了解他的病情。陈后来发文说，抢救成功，病情好转。我还想，大师可能还能坚持一阵子。

结果，2018 年 3 月 18 日上午 10 点 59 分，大师不幸离世。

看网上评论，骂的人和悼念的人都有。只是，大师已然离去，再也听不到了。

可他的话，言犹在耳："我生平有两大遗憾：一是，我无法找到像李敖这样精彩的人做我的朋友；二是，我无法坐在台下听李敖精彩的演说。"

那是一段美好的时光，我年轻的时候，在街头买的李敖的盗版书，现在仍旧放在我北郊的地下室里，可是，写书的那个人，已经驾鹤西去……

臊子面油泼面 最能代表秦人的脸面

　　古人讲究饮和食德，基于饮食满足人们自身的需求时，又进一步升华到道德层面。从某方面，也反映出古人对于饮食的态度。

　　古人还有一个要求就是大羹不和，老子讲"五色令人目盲，五音令人耳聋，五味令人口爽"，对味道过度追求反而是对人味觉最大的伤害；返璞归真，食材自身的本味才是味道的最高境界。过度追求味道，犹如一个清新脱俗的少女，不以原面目示人，却描眉画目，涂脂抹粉，故令人生厌。褪其华衮，示人本相，一个人骨子里的气质并不是扭捏作态能够达到的。花生，即使盐都不用，只略炒，自带的香味便喷薄而出；红薯，洗净蒸熟，甘面适口。这两种东西再也寻常不过，不需要任何佐料，自身的香味带给人的享受却是其他食物无法比拟的。清水出芙蓉，天然去雕饰，最纯真的东西，是不需要任何雕琢的。人们对于味觉的追求是无止境的，但往往最终感觉到最好吃的东西却是最简单的，甚至随处可见。

　　秦人的面食样式可以说是天底下最多的，无有出其右者。但有两种面食最具有代表性，也是两个极端，即臊子面和油泼面。

　　臊子面据传起源于西周，吃法也很符合周礼。秦人待客宴席必定是臊子面，这就是臊子面的独特地位。

　　"臊子"一词最早记载出现是在元末明初，施耐庵的《水浒传》第三回

臊子面

"鲁提辖拳打镇关西"中，鲁达先要了十斤精肉，要郑屠细细切碎了做臊子，又要了十斤肥肉，也细细切碎了做臊子，最后要了十斤寸金软骨，也要细细切碎做臊子，这时郑屠自然明白了，说鲁达是特来消遣他。因为瘦肉、肥肉都可做臊子，而寸金软骨是做不了臊子的。这也是臊子一词已发现的最早的记录，已有六百余年。

臊子面、油泼面，最能代表秦人的脸面。

最好的臊子是肥瘦肉各半，辅料不拘，多以豆腐、黄花、木耳、胡萝卜、冬瓜、大葱、蒜苗、韭菜、菠菜、鸡蛋等，肉菜全部切丁。先大火炒肉出油，中火炒菜出味，小火煮汤出香，秦人称之为爛臊子。臊子要有型，肉与菜均一厘米见方，谓之菜如其人，方方正正，十分规整；要有色，胡萝卜——红色，豆腐、冬瓜——白色，黄花、鸡蛋——金黄，木耳——黑色，葱、蒜苗、韭菜、菠菜——绿色，谓之五色俱全。面条洁白细长，谓之清白做人，福寿延长。

臊子面流行于晋南、豫西、陇东及关中地区，尤以岐山为最，这一带正是周的发源地，所以臊子面就增加了许多周礼上的内涵。臊子面多用于逢年过节、婚丧嫁娶及宴席，烹制过程复杂，需要多人参与，也就是孔子说的"食不厌精，脍不厌细"，又说"肉不正不食"。臊子面很是符合这两个要求。岐山人讲究臊子面，面要薄筋光，汤要煎稀汪，味要酸辣香。宴席上的臊子面，必以小碗，汤多面少，只吃面，不喝汤。强调的是礼，而不是饱腹。

秦人待客最好的招待就是臊子面，其他的饭菜，即使是主人最拿手的，也不能用于待客。如同关中地区，新女婿上门，老丈人必以两个荷包蛋招待，他人不能享用。并非说是荷包蛋有多好吃，而是表示对新女婿的认可，这就逐渐演化成约定俗成的礼仪上的程序。

就像广告语"不是所有的牛奶都叫特仑苏"，在我看来不是所有的面都叫臊子面。

相对于臊子面，油泼面与之就有云泥之别。同是一碗面，差距咋这么大呢？

郑板桥说他的竹子"冗枝削尽留清瘦，画到生时是熟时"。如果说臊子面的制作及食用都比较烦琐，油泼面这方面可以说是简到了极致。别的面是什么料都可以加，而油泼面却是没有一样材料可以减少了。这怕是应了老子那句话：大道至简。或许在秦人看来，吃面就是吃面的本身，多余的东西都

油泼面

可以舍弃不要。这也就是大羹不和的境界。

膙子面以膙子为主，油泼面却主要突出面。面或擀或扯，不拘手法，菜也只有两三棵青菜或白菜叶，与面一同锅中煮熟，笊篱控水，捞于碗中，葱花半把，辣椒面一勺，浇上热油，盐醋则随自己喜好。

秦人吃面重辣而不重菜。油泼面中的菜只是点缀，聊胜于无。做法可以说再简单不过，一般农村妇女半小时即可做好。但简单并不意味着随意，要做好一碗油泼面还是很考验一个家庭主妇的做饭水平的。面并不讲究形，多是厚而宽，有韧劲，耐嚼。油温低则不出香味，油温高则辣椒面易煳发苦；油少影响口感，油多又太腻，最好是每根面条上都有油，吃完碗里又没有多余的油。会做，很简单；做好，却不容易。

宋苏东坡词须"关西大汉，铜琵琶，铁绰板，唱大江东去"，想必这关西大汉唱苏词之前要先咥一大碗油泼面的，否则，唱至一半，声嘶力竭，反为不美。

卢仝诗云"柴门反关无俗客，纱帽笼头自煎吃"，说的是吃茶的最高境界，同样，吃油泼面最高境界就是，关中大汉，褫其上衣，有凳子蹲而不坐，或门口大石头，或屋旁土坡，因陋就简，不拘场所。一手一只耀州粗瓷大老碗，这碗直径一尺有余，重有三斤，妇人、儿童绝对使用不了，一手数瓣蒜，一口面，一口蒜，吃一个风卷残云，吃一个畅淋漓。一日的辛劳，一日的困倦，在这一碗面里，顿时烟消云散。

无须任何奢华，简简单单一碗面，简简单单一个人。

如果说膙子面是待客之道，油泼面就是实实在在为自己做的饭。电视剧《白鹿原》中，处处都是油泼面，可能是根据剧情需要烘托气氛吧，但其实是不合关中人的习俗和礼仪的。

膙子面与油泼面，一个阳春白雪，一个下里巴人，都是秦人的最爱。

·行万里路·

无心而为。

——庄子

回忆是一座桥

一

我喜欢怀旧，相熟的朋友见我的文章说起从前，就咬牙切齿，好像从前都是些见不得人的东西，骂到最后，末了一句总结：你老了。因为人老了才会常常想起从前，人老了才容易怀旧。被各种各样的人说得多了，渐渐也有所改变。很多时候，我宁肯写史也不写回忆，俗话说得对：好汉不提当年勇。

一天，读董桥先生的文字，才发现，原来回忆也那么让人沉迷，一把旧折扇，一张藏书票，一方木刻，一封来自远方的信笺，都含着一则则动人的故事。读那些浸润在岁月中的美好往事，温润、忧郁、安静，让我着迷。读董先生的文字，才懂得，回忆没有什么不好。

读着别人的，想着自己的。我常常怀念二十年前一段美好的时光，那段时光很短暂，只有一两年的光景，我从水深火热中，再次又回到水深火热中，每每念及，总是让我的回忆停留片刻，怀想当中的一些人和事……

1997 年，我在挣扎了三年之后，绝望地选择从中玩市场离开。那一天是 7 月 17 日，午后，天正热，我提着一个老旧的上海皮包，那是我上学时用的，已没有什么东西可装了，旧衬衣，几本翻了很多遍的书和几盘旧磁带。一个月三百元，还不能按时发，年轻轻地为生计发愁，还常常和领导发生冲突。

我去了德盛公司，手续已经办妥，新领导说，你先回去等通知吧，暂时还没有你的位子。之后的两个月里，娘给了五百块钱，我不愿意回家，怕自己那个样子让父母担心。于是每天像游狗一样在这个城市的角落里流浪。天热出租屋里待不住，和同室的马先生花一块钱在边家村文化宫的电影院里坐一下午，或是躺在长条椅上睡觉，那里冷气十足，人也不多。马先生刚刚开始创业，也找不着活干，我俩每天除了下棋就是去电影院乘凉，很颓废很无聊地打发时光。屋子临街，噪声、西晒、灰大、蚊子多。每天早上醒来，床单捂一身汗，两张床上，除了两个人形，剩余的空间里全是灰。每天告诉自己要发愤图强，可是，连个正经工作都没有，何来的发愤啊！

实在无事可做，又回到了东郊，想着干点事，混口饭吃也好啊。结果没待两天，就傻乎乎地目睹了一幕不该看到的情景，不用别人赶，自己也只能识趣地离开。

再次回到了马先生的怀抱，下棋、喝酒、打麻将，都不是我的强项，睡觉还好点，睡个昏天黑地不知西东。小区来看我，她像阳光一样照亮我们这个圈子，我打牌，她坐在旁边；我喝酒，她抢过去喝，喝不了，一个劲地咳嗽，大家很羡慕地看我。可是，生性倔强的我不愿意别人的救赎，老是一副无所谓的态度，她要走，我支王先生去送，她伤心而去。

这样的日子让人绝望，我不知道什么时候是个头，每天都在苦挨着。看着口袋里的钱一点点在减少，又没有任何收入来源，饥饿感不时地折磨着我，很长一段时间里，填饱肚子是我的首要目标。可是，填饱肚子，何其难啊。

好在 9 月底，我接到通知，国庆节之后去上班。接到通知的那天，我太兴奋了，忘乎所以。这也许是我长那么大经历的最兴奋的一件事了，直到现在我还能感觉到那一天的兴奋传递给我的热情和能量。

公司是唐城的子公司，办公室算我有五个人，鲁姐是一把手，我原先的师傅张师是副手，两个办事员小李和小陈。我们在一起很快乐，事情也不多，终于有了一张属于自己的办公桌，那是四年多来我最奢望的一件事。每天午后基本上就没有什么事了，我喜欢趴在桌子上写我的文章。

谁承想，我是个倒霉蛋，安稳的生活只过了两个月，总公司杨总下课，我们换了新领导，德盛这个项目也要下马了。

那个时候我还处在重回人间的兴奋当中，对周围发生的一切充耳不闻，一天到晚总是乐呵呵的，每天骑四十分钟自行车从南郊到东郊兴庆宫公园西门，中间有一段路要走二环，在小寨立交附近常常会停下来等车过去。停在那里等车我也不安生，手里拿着纸片片口里念念有词，上面是我抄写的宋词，坡公的"似花还似非花"就是那个时候背过的。想想自己那个时候就好比柳絮，"也无人惜从教坠"，还迟钝得可以。后来我从马未都嘴里听到了一个名词"钝感人"，对，我就是个典型的"钝感人"。

那一年年前给员工退钱，我在维持秩序，好多新员工跑到我跟前打听，是不是这个项目要下马了。我还傻着呢，没有啊，公司让你们先回去等通知，过完年再说。

真等过完年，风云突变，现在想想不能说突变，只能怪自己不敏感，公司说倒就倒。树倒猢狲散，副总带着一帮业务员成立了新公司，老总成了光杆司令。鲁姐、张师、小陈回了总公司，曾经热热闹闹的公司只剩下了管保卫的老郭、后勤的小付、出纳白师、行政小李、负责电脑维护的小朱和我六个人。老郭是老保卫了，闲来无聊，常常给我们讲故事，讲他曾经参与侦破的案子，讲唐城金店凶杀案的前前后后，讲他如何街头执法。老郭很孝顺，常常张口闭口老太太要吃要喝，他是郭家老二，他哥就是闻名西安的郭老大大盘鸡的老板，所以我们公司下不下马对他来说影响不大。白师是位中年女士，家里情况还好，她是乙方派来的，那边有工资呢，也不牵扯。小李比我小五岁，白白净净的小姑娘，家教很好，每天中午定时抱着枕头被褥去沙发上睡觉，看来是幼时养成的好习惯，她在攻读英语，准备出国。小朱和我一块儿进公司，我们关系很好。刚来的时候我卖童装他卖食品，中午常常结伴去吃饭，偶尔还偷一两块蛋糕给我。那个时候的日子真好啊。小朱基本不来上班，他在交大念研究生，顺便在东郊产业园兼了份职，他表哥是总公司的中层，算是有门路的。小付长得很帅，玉树临风，大学里学"电"的。他比我们要大，已经结婚有孩子了，老婆很强悍，是邮电系统的中层，出门有车。小付每天除了挨骂，就是接孩子做饭，到了办公室就开始给我们诉苦，夫妻不平等的日子也难啊。这样的日子持续了一年光景，每天看着公司账面的钱一分分减少，每个月报表几乎都是相同的，仿佛俺娘给的钱在一分分减少一样。起先我们还管顿盒饭，后来盒饭也取消了。到了中午，办公室里就只剩下我和小李，她照例吃完饭睡觉，我就静悄悄地坐在那里看报打电脑，电脑里那时只有两种游戏，翻扑克、挖地雷，那样的扑克我有时能翻一夜不睡，总是幻想能挣点分，可是到头来越赔越多。

那个时候很苦恼，首先是一个月养不活自己，内心也特别失落，周围的朋友个个喜气洋洋地告诉你他们要结婚了，我还在为一碗饭挣扎。回去低三下四地去找原来的经理，他和颜悦色地告诉我，好好一个小伙子，当年不让你走，你非要走，压根儿就没有让我再回来的意思。唉，人穷志短啊！去找曾带我去出差的大姐，她那时也自立门户，成了部门经理，手下一堆人正为当业务员争得面红耳赤呢，我的出现让他们立即紧张起来。当我向大姐表明来意，她很痛快，回来欢迎。我心里的一大块石头刚落地，她又说了，让你回来去做营业员那是委屈你了，不如你继续去东郊管那个经营部，一年给我交回来一万，行不？

天哪，东郊开始修路了，已经坑坑洼洼，不定什么时候能修好呢，我听了直摇头，心里拔凉拔凉的。

走投无路，我寻思着自己创业呀，天无绝人之路，我一定要闯出个样子来。

二

马先生日渐忙了，晚上回来的次数也少了，我也从不问他。他的生意有了起色，接连接了几个大活，光给人送礼的东西都是几千元的皮衣。人逢喜事精神爽，每次见到他他总是笑嘻嘻的，我喜欢他笑，笑起来很灿烂，带着他的个性和关中庄稼人的憨厚。但我一点都不羡慕他，我知道我俩走的不是一条路。但自己心里很盲目，不知道自己能干什么，要干什么。

明德门是唐朝外城的城门，城墙遗址离我们住的地方不远，这里建成了全国最大的安居工程小区。周六和王先生骑车去明德门转，看见很多人在那里装修，转着转着就发现了商机。正对着明德门小区往东长安路的出口，有一排两层的门面房对外出租。我给王先生分析，用不了多久，这里就会住进来很多新人，新人就会有小孩，小孩就会要玩具，咱们开家玩具店吧。我毕业后在总公司从事的就是这些，对玩具市场还懂一些，于是说服王先生和我一起干。当时就找到了这家门面房的主人，位置还不错，楼上住人，楼下经营，也不用在外面租房子了。王先生有些勉强，我们两是多年的好朋友，他面子软，经不起我的强攻，答应了。一年房费八千元，当时给房主付了两百元定金。

回来的路上，王先生心事重重，一直在沉默。吃完晚饭，等到心静下来不那么热了，我也有些发怵，八千元，不是个小数目啊！还得去进货，进货也得要钱吧，进了货谁来卖呢？得找个营业员吧，一个营业员恐怕也不行吧，需要换休，需要发工资……越想越头大，我开始东张西望，犹豫不决。临走，王先生终于鼓起勇气，在我跟前把嘴努力张了张，嗫嚅着对我说："不如算了，那两百块定金咱就不要了。"

"什么！"我一时暴跳如雷，"你怕什么！有我呢，你算算能赔多少，咱不给自己找点事干，咱们就这样等死吗？"唉，我当时也是赶鸭子上架，还想绑架老实巴交的王先生。其实王先生生活稳定，一个月有四五百块钱的工资，单位有宿舍，他又不是个爱折腾的人，平时都像个大姑娘，文文气气的。

我一顿熊，王先生立即低头不语，有时候看他那个样子让人不忍心冲他发脾气。回去的那天晚上我辗转反侧，人不被逼到绝路上，不行哪！后来，回家找我娘要了一万块钱，逼王先生拿出来了一万，我们的玩具店就这样运作起来了。

空房子，买货架得一笔钱，想想省点吧，去了西影路上的装修市场，买了些货柜用的铁架子，裁好八十多块玻璃，三百多块，还算便宜。跑进明德门小区装修工地，软磨硬泡借了冲击钻，给墙上画线打眼，装膨胀螺丝，我浑身是土，跑上跑下，干到半夜一点多也不觉着累。王先生有些被动，有气无力地支吾着："很晚了，咱回去吧。"他有些疲倦。"好好好"，我一边答应着，一边手脚不闲。两点多，清理完垃圾，站在摆好了货架的房子里，我计划着在房屋中间再摆一个敞开式的柜台，用木龙骨钉一个摆在中间，铺上那种缎布，别提多高档了。

凌晨 3 点，我们骑自行车回家。我带着王先生，仍滔滔不绝、眉飞色舞地筹划着我们的生意和未来，他则沉沉地应答着。

昏黄的灯光照着我们年轻的脸，那是 3 月份，夜色冰凉如水。

三

风云突变，去东郊拉货，原先称兄道弟的老板们个个变了脸，不见钱不放货。朋友，对不住了，我们也是小本经营，等着回款呢。

唉，你等着钱，我那边还等着上货呢，咬咬牙，清了。四千多块，一家伙进了一卡车货，光运费就两百元，没得价搞。这边王先生在明德门等着呢，一看一卡车货，眼珠子都绿了："至于吗？上这么多货？"我说："摆摆看吧。"一摆，得，又忙活了一晚上，还没摆完，部分地方还有空白。

当晚正摆货呢，一位女士转了进来，她看上了一辆豪华童车，直接买走了。二百多块，赚了差不多五十块，王先生看了看，有点笑模样了。

第二天一大早，我又屁颠屁颠地跑去了康复路，从老贾那里进了些跳绳、象棋、乒乓球、羽毛球拍。忙活完，又装了门头灯箱，做了面布招牌，挂了个塑料门帘，钱花了个七七八八。准备完了，一看日历，4 月 2 日了。掐指一算，4 月份哪一天都与 4 有关，不能算吉日，唉，无所谓了，就 6 号吧，我们 6 号正式开业。

那是 1999 年的春天，我穿上了父亲送我的毛料西服，扎了条鲜红的领带，带点喜气，和王先生一起，迎接我们的新生活。可惜，没有朋友前来祝贺，除了街面上的朋友进来瞅瞅，笑嘻嘻地打个招呼之外，就我们俩面面相觑，中午饭都得换着去吃。

单位上班无事可做，我也是三天打鱼两天晒网，隔天去办公室转转，小李则雷打不动在桌前枯坐念她的英文。大家似乎都很忙，我有好几天没有见着小付了，老郭说小付的老婆闹离婚，小付最近忙着找领导，想调回总公司呢。

周日想着办公室没人，我又偷偷潜了回来，把我经营的商品打了张表，在办公室的电脑上出了一百多页，拿回来准备张贴野广告。实在不好意思，这年头，不搞点这个还真不行。好在我有一颗赤诚的心，从来不骗人，区别于那些黑心骗人的。

果然，有人看见我经营的商品，跑来购买了。但是，不见得进来的都是送钱的，警察来了七八趟，查流动人口，一条街被他们接去了好几车；我的身份证是西安的，警察左看右看，没看出破绽，又很不放心地还给了我。工商闻风而至，来了比警察还凶，不办执照，抬桌子拉货。我求爷爷告奶奶，俺们小本经营，还没卖钱呢，能否缓缓，市场根本烘不起来……工商才不管你这套呢，跟鬼子进村一样，家家门前又吵又闹，我一筹莫展。正在想着走一趟，出点血呢，村里的大爷大妈们拄着拐杖出现了，谁在破坏我们招商引资呢，啊……听到拐棍响，心里一下得劲了，不知道是谁，把鸡毛信送给了这些大爷大妈，我的房东老太太也拄着拐杖来了，她板起脸来比谁都可怕。事隔多年，我都能记得起这位满脸皱纹的老大妈，笑起来一朵花，凶起来可，可真有点怕。

援兵一到，工商们立即收兵。就这样，我们这些个体户们在大爷大妈的保护下，安稳地做起了生意。

谁知刚过了这一关，新的难题又摆在了我们面前。

四

我隔三岔五要上班，再怎么着，有个单位，一个月有三百六十元保障，少是少点，但也是钱啊。王先生也要上班，我们的小店没人照看也不行哪。起先他妹王梅还经常带了一个叫东花的朋友来帮忙，但时间久了也不是个事。于是我们就商量，雇个人来干，一个月二百元，管住不管吃。

没几天，人给我领来了，引镇那边的。女孩，二十岁，黑是黑点，脸扁扁的，很腼腆，但一看就是个有心眼的孩子，不笨，先用用看吧。

姑娘姓胡，我们管她叫小胡。小姑娘挺勤快的，一天来了打扫卫生，收拾货柜，整理账本，尽管那字写得歪歪扭扭，但也看得清楚。

不久我们扯了电话线，可以打公话了。对门有家小卖部，也办了部电话，我们五毛，他收四毛，我们四毛，他收三毛。那个长着络腮胡的男的一天到晚贼眉鼠眼的，看着就不是好东西，常常卖假货被人堵到门口大骂。天气热了我们卖冷饮他也卖冷饮，我们卖烟他也卖烟，价钱比我们要低很多。夏天来了苍蝇奇多，这条街上开了好几家饭馆，跑去对门买了瓶杀虫剂，一是搞一下关系，二是侦探一下对方的实力。对方倒是客气，给便宜了两块钱。回来一看，假的，除了香，一只苍蝇也杀不死，怪不得人上门闹事，砸他的门头。

都是做小生意的，门对门，还不好发火，十块钱，就当是给小孩买糖了。

慢慢地，觉着隔壁这个女老板也不顺眼了。她年纪不大，胖胖的，低个子，娃娃脸，圆圆的，一看就是能说会道的那种人。起先我们还聊聊天，后来常见她带不三不四的男人来，看着就感觉恶心。相由心生，面目狰狞。我搬来住的时候，三更半夜老听到隔壁床咯吱咯吱，她在鬼哭狼嚎，一点儿不悠着。后来小胡来了，我就搬走了。小胡偷偷告诉我，她男的是个司机，经常跑车，半年才回来一次。

怪不得。

其实人家再怎样也犯不着我，大家井水不犯河水。可她开了个小食屋，什么都往下水道里倒，我们共用一个下水道。时间久了下水道老堵，我的店里已经因为下水道堵塞被淹三次。实在忍不住了，我过去和颜悦色地告诉她，找人通一下，我们均摊费用，行不？她有些不情愿，但也没说什么，勉强点了点头。

通下水道的来了，忙活半天，捞出来一大堆长头发，六十块钱。通下水道的也够黑，钱扳得真硬。让小胡去请她来，老板娘站门口看了看，我问她："一家掏三十块，认不？"她连头都不带摇的，脸像霜打的一样，冷冷地从牙缝挤出两个字："不认。"

"你看看这头发，难道是我们的？"我急了。

"你们家小胡没长头发吗？"

"小胡才来一周呀。"

小胡一听这话也急了："我就洗了一次头，还是在对面浴池洗的。"

噔噔噔，只听见高跟鞋一阵响。

老板娘躲进了窝，再也不见出来。

得，认了吧。掏下水道的点了钱，转身走人，只剩下我在一边生闷气。

五

小胡挺实在，干活也卖力。我们又给她加了六十块钱，外带周末休一天，我和王先生换着来顶。

适应了环境之后，小胡的性格明显开朗了。自己买了锅碗瓢盆，买了煤气灶自己做饭，又在对门剪了头，人也漂亮了。天气热了，她买的假名牌 T 恤穿到身上还挺好看的，打眼一看还以为是个城里姑娘，挺惹眼。坐在柜台前，来来往往的男男女女都忍不住多看一眼。

一个月后，小胡的娘来看闺女，算是视察工作。

我们请老太太在对门吃了个饭，老太太别提多高兴了，连声对我们表示感谢。小胡也挺激动的，对我们表示说要好好干，不让我们操心。

那个时候，我们把进货大权也交给小胡了，她每进一次货，我们再给她五块钱补助，当然是除去路费。一次进象棋，下着雨在五路口，绑棋的绳子松了，棋子散了一地，小胡满地拾棋子，娃也挺不容易的。

小胡不容易，我也不容易。那个时候，我每天都在省吃俭用，给小胡加钱也是咬着牙加的。开业两个多月，几乎没从店里拿回来过钱，这个店成了无底洞。除了给小胡开工资，进货费、水电费、电话费，每天都在烧钱。选货的眼光也差，从过去的一些老板朋友那里进的货，当场给人清钱，到我这里就成了积压货，很快货架上就厚厚一层尘土，擦都擦不及。

得想想办法促销。于是我心生一计，从康复路进了一大堆乒乓球，给上面编上号，放进纸盒子里，有奖销售。可是心不跟爱一起走，一切都是一厢情愿。过来过去的人都将信将疑，买东西的也懒得理你抽不抽奖，一个小店，奖品也实在有限，想法倒好，收效不大，有奖销售虎头蛇尾，草草收兵。

夏天天长，客人少，闲坐很无聊。我常常会起来在这条街上逛逛腿。斜对门的老太太很喜欢和我聊天，老太太是陕北人，六十多岁了，有一儿一女，是东方厂的退休职工。她是这条街上的情报站，很多人都喜欢和她聊，所以临了，都会把很多情报透露给她。她家旁边开了家理发馆，理发馆对门开了家馒头店，我们店东边就是小食屋，西边是一家卖水泥的，再往西，是两个小姑娘，开了家洗衣店，对我们来说，那点破衣服也犯不着送去洗衣店，自己将就将就穿吧。

小食屋的东边是经营装修材料的，龙骨、板材、下水管道、刷墙滚子、杂货，等等。老板姓杨，黑瘦黑瘦的，个子高，办事爽快，我叫他杨哥，我也喜欢去他那里聊天。他原先在渭南开煤窑，私人的那种，说起来也是个煤老板了。可他的窑小，还给塌了，死了两个人。本来就是小煤窑，挨罚都挨不起，一人八万，他亲自上门送葬，被打得不轻，赔了一堆钱，回来之后就死了心，做起了小本生意。杨哥精明是大精明，买个东西问问价，他老婆总是欲言又止，拿眼睛看杨哥，杨哥才不管呢，都是最低价，张口闭口咱兄弟，让人听了都热乎。杨哥他弟是个小混混，但人也不坏，我的那篇《邻居阿贵》就写的他。

和我一样，这些人都是生活在社会最底层的人，个个怀揣梦想，想在这里能挣点钱，要么改变现状，要么当作跳板，实现更大的梦想。我曾经还给小胡描绘未来，以后啊，店做大了，开一个连锁，你去当店长，不用干活了，指挥手下人干，多好啊。小胡听得乐呵呵的。

社会的改变是缓慢的，但人是这个社会里变化最快的分子，你看他现在很落魄，摇身一变，不定变成啥呢。不可小看一个人的瞬间转变。

六

夏天过后，马先生已经是有钱人了，买了最新款的摩托罗拉 GC87C，五千多块。我那时用的也是摩托罗拉，可不是手机，是数字BB机，用了刚一年，那个传呼台还给人间蒸发了。金穗台，在莲湖路，用过这个台的朋友应该都有印象。

人逢喜事精神爽，有了钱，马先生腰杆也硬了。我们在对门小饭馆吃饭，他总是抢先付账，也颇有气势。不久，他的行为开始变得诡异，和我们正聊天呢，说有一车土送到了，匆匆忙忙走了；正下棋呢，一看表说送工具的来了，绝尘而去。后来才知道，他新近谈起了恋爱，还给我们保密，每次去接女友前，总是编造各种各样的理由。谁知道他的女友和王先生一个办公室，每天早上都给王先生汇报他们的恋爱进程。王先生蔫蔫的，只竖着耳朵听，从不揭马先生的短。马先生还自得其乐呢，到了点照例说要去工地。

他走后，我们心照不宣，会心一笑。

马先生过上了好日子，吃饭争着掏钱，有时候我也抢着付，不是有钱，是觉着没面子。只有王先生稳坐钓鱼台，掏钱了伸手往口袋摸一摸，做做样子。有时候看着想笑，可也从来没说过，王先生不抠门，我们急着用钱时都是他大把大把掏银子。我和马先生，还有其他同学常常管他借钱，不是他有钱，是因为他管钱，常常能拆东墙补西墙。

王先生憨厚，但也不乏狡黠，了解他的人常常说他是蔫驴踢死人。他比我要聪明得多，博学强识，看法也非常独到，是做军师的材料。当然了，是狗头军师！

日子慢慢步入正轨，小店不大，资金也转得开了。转得开只限于不再往里边投钱，偶尔还能给家里拿个电池呀，影集什么的。娘那时也挺操心，常来在店里坐一会儿，我能从娘的脸上读出那种急迫，心里如刀割一般。唉，儿子不争气，只能让娘这么牵挂。打从上学起，娘就对我不放心，弟弟一路顺风，大学毕业，留校教书，基本不用人操心，就我，成了娘的一块心病。

工作上的事，偶尔还去一下。10 月份，总公司大盘点，把原来在点上铺的货，比如衣服、皮包、鞋什么的全收集回来了，一一清点。看着吃了上顿没下顿，省省吧，我们换了一个新的办公地点，从兴庆宫公园的东门换到了西门，这里有所学校，据说校长是于右任的孙女，见过一面，的确光彩夺目，很有气质。新的办公地点租金少，就一间大办公室，我们全坐在一起办公，的确很热闹。

小李仍是乖乖女，按时来，按时走。小付准备调回总公司了，这两天脸上有了笑模样；小朱每月过来转一圈，我们说他这是视察工作，他笑而不答，再有一年，他就从交大硕士毕业了；白师又是炒股又是存钱，每天算盘珠子拨得很清；我没钱，对钱好像也没有个观念，一直都是。

对钱很淡薄，不等于我傻，慢慢地，我发现有些不对劲了。

七

周末，我原先的同事约我去吃饭，都是总公司的旧友，在三桥。吃完饭聊天，他们都去大厅里玩。我一个人坐着无聊，顺手拿起桌上的电话给店里打电话，很久没人接。周末啊，这么好的客流，还不到9点，小胡不会有事吧？

有些心急，告别友人匆匆忙忙地往明德门赶。店里卷闸门拉着，楼上也黑乎乎的，小胡不知去向。问周围人，大家都说不知道。

那个时候小胡也没有传呼，这上哪去找啊？我开了门，店里一切照旧。正寻思呢，店里进了顾客，取东西收钱，忙活开了。心里多少还有些疑惑，直到10点半人少了，我才半拉上了卷闸门，搬了把椅子坐在外面透透气。

对面老太太店里拉了盏白炽灯，她站在门口，灯光打过来看不清脸，只能看清她的剪影。哎，对了，小胡整天在老太太那里聊天，没准老太太知道她干什么去了。

老太太看见我来笑嘻嘻的，问这问那。当我问她小胡去了哪里，她一时欲言又止。问得急了，她才勉强说，和人出各了（各是尾音，又好像是可，意思是出去了）。

和谁？

一个骑摩托车的后生。

有些震惊，小胡才来不到四个月啊！这么快就交上男朋友了？

来了几个月了，老太太在这条街上一直冷眼旁观，对东家长李家短了如指掌。

那个小伙经常来吗？

你不在的时候常来。

他们干什么呢？

在店里疯玩，打水枪都打到街上来了，还经常关了门去楼上做饭……

我心里一惊，有些不敢相信。

临了，老太太神秘地告诉我，你得仔细观察观察，我觉得小胡变化挺大的。

我去关了门，反身躲在老太太家的楼上，想看看到底是怎么回事。

老太太的楼上堆积了很多杂物，乱七八糟。我心情沉闷，不知道是该相信曾经的小胡，还是该相信老太太的话。

八

上楼，感觉和做贼没什么两样。站到窗口的时候，怕被人发现，我拉灭了屋里的灯。前年，我和小商在东郊的时候，对面来了一位很洋气的女商户，小商拿着我们的望远镜看对面的女人，还给我津津有味地描述着，我接过他的望远镜也想看看。突然，对面的女人拉开了窗户，对她的同伴冲我俩大声说，对面的两个小伙在偷看我呢。我俩灰溜溜躲进了屋里，别提多丢人了。后来总结，偷窥一定不能有背景光，不然自己先被别人发现了。

觉得自己挺丢人的。但是，站在外面吧，万一小胡交朋友了，也不给人面子，你要人家怎么给你解释；不管吧，自己拿着钱让人玩，被人卖了都不知道。就这样胡思乱想，等到快 12 点，一辆摩托车快速地驶到了我们店门前，周围一片寂静，摩托车发动机的声音很大，光也显得刺眼。

我瞪大了眼看过去。骑摩托的是一个小伙子，黑乎乎地看不真切。小胡双脚并拢侧坐在摩托车后座上，车停稳后她跳了下来和小伙道别。说了两句话，小伙一转，快速离开了……

我快快不乐地往回走，不知道该怎么办。说吧，我什么也没看着，不说吧，这样下去我的生意还做不做？慢慢地骑着自行车，我心事重重。

王先生和一群人在打麻将，推门进去的时候看见很多人，光刺眼得要命，我转身就往出走，顺嘴说了句你们玩。刚到楼道口，就听到王先生叫我，我站住了。王先生问我为什么这么早走，我说累了，抬脚下楼。

"等等！"王先生在后面叫我。

我站住了，回头看他。

"我想了想，玩具店还是你弄吧，我玩不了这个。"王先生说话有些吞吞吐吐。

"噢，知道了。"

我往楼下走，王先生仍在后面小声说："你小心点。"

"生分结长远。"奶奶的话从我的脑子里蹦了出来。我忍住不让自己再多说一句话，朋友再怎么都是帮你呢，不能因为这个和人结怨。

下楼来，往自己租住的民房方向走，外面有些冷清，我伸开双臂深深地吸了一口气。有种众叛亲离的感觉，不知道该怎么办。原先王先生还能帮我担待点，现在一切都只能靠自己了。

那天晚上，光影凄清，道路漫长。

当所有的人离开我的时候

你劝我要耐心等候

并且陪我度过生命中最长的寒冬

如此地宽容

当所有的人靠紧我的时候

你要我安静从容

似乎知道我有一颗永不安静的心

容易蠢动

1998 年世界杯，马氏因为麻黄素泪别球队，这首赵传的歌就仿佛为他而写。他的背后，有万千球迷为他欢呼。我的未来又在哪里呢？

九

王先生做事向来优柔寡断，相比较起来他妹比他更有男人气概，说话办事干脆利落。后面村子里的一个小伙子追求他妹，死缠烂打，招数使尽，甚至七姑八婆都出动了，连王先生他爹都觉着不好意思。可是小王同学的妹妹向来不为所动，像个汉子。我经常在王先生跟前取笑他，是不是你娘把你俩给生反了。

很多人都很纳闷我和王先生能成为好朋友，一个蔫蔫的，一个欢蹦乱跳；一个踢一脚都不会动，一个遇着个火星子就能爆炸。我总结为性格互补，上学的时候，吃一样的饭，我早早吃完了，他还在细嚼慢咽。洗完饭盒打一盒开水供他享用，我坐在旁边耐心等待，等他吃完了喝口水，然后再一起走。一到下午我都在操场上疯，王先生则盘着腿坐在床上看书、手里拿着木梳梳头，我到现在都能清晰地记起来他梳头时的神态，像个老人一样，慢慢的。现在想来，这样无忧无虑的生活太短暂了，毕业时我竟然有了肚子，王先生依旧是他瘦削的身条。同学取笑说我将来肯定是个贪官污吏……

镜头慢慢从那样欢乐的场景中拉开，只有我一个人在空寂的路灯下彳亍，王先生选择退出，肯定是他深思熟虑了的。一路上打打杀杀，我太渴望成功了，我忽略了周围人的感受，我甚至从没有征求过王先生的意见，王先生要退出，再合理不过。这个时候的我不仅孤独，而且绝望。7 月 17 日那天，我从东郊离开的时候，我们经理也是这样，一个人木木地坐在营业场中，众叛亲离，不好受啊！

可是不管怎样，日子还得过吧？尤其是春心萌动的小胡，她跟我不一样，她的好日子才刚刚开始啊。

自从她和那个男孩分别之后，我去店里勤了，常常坐到关门才离开，小胡也收敛了一阵子，没有再乱跑。可是店里的生意一直半死不活，我仿佛鲁迅先生笔下的豆腐西施，木木地看着门外形形色色的人，实在无聊。

秋天是西安的雨季，常常要狠下一阵子。记得 1992 年那年秋天就下了有一个多月的雨，路上老是湿湿的。方先生来我们这里玩，他是我们的同学，上学的时候就喜欢打麻将，和王先生、马先生都是麻友。晚上陪方先生一起打麻将，那天下着雨，雨很大。打麻将的腿子不少，还有人在旁边钓鱼。

我坐了一会儿就下楼吃饭了，吃完饭站在楼下的时候有些犹豫，最后还是决定不上去了，我实在不喜欢人多、闹哄哄乱糟糟的环境。

一大早我就去公司了，那天老郭约大家一起吃饭，他哥郭老大在端履门又开了一家分店。人还没走呢，王先生公司的人给我打传呼，电话拨过去，刚听了一句，我就愣在了那里。

十

朋友在电话里说，王先生他们昨天晚上全被警察抓走了！马先生拒捕，从五楼一跃而下，腰扭伤了，被送去了医院。

竟然这样！我惊呆了，才一晚上的时间，竟发生这样的变故！

怎么回事？不就打个麻将，至于吗？心里有些火气在慢慢升腾。情况紧急，我骑上车子，去楼下买了八个肉夹馍，五瓶水，飞快地跑去西桃园特警队。

警察像审贼一样对我大声呵斥，我带来的肉夹馍也被一一打开进行检查，看里边到底有没有夹杂凶器。感觉受到了侮辱，又无可申辩，人在屋檐下，不得不低头啊。

经过层层关卡，终于见到了王先生、方先生和另外一位朋友。与他们同屋关的，还有两个吸毒人员，眼圈乌青，十分吓人。方先生垂头丧气地坐在一条长椅上，王先生则满面愁容，若有所思地在铁栏杆里来回踱步。

看到我，大家都有些惊喜，但很快就又恢复了原来的样子，因为一位警察就站在我的身后。把吃的递进去，他们抓过去低头狼吞虎咽地吃了起来，没有人再说话，只听到咀嚼食物的声音和咕嘟嘟的喝水声。王先生吃得很慢，脚步依然没停地来回走动，他甚至把多余的食物分给了那两个吸毒的青年，两人也没客气，大口快速地吃了起来。

不让问话，我看他们有些冷，脱了外套递进去，他们都摇摇头不肯接，我最后还是硬扔给了他们。没几分钟，警察就催促我赶快离开，我也没再说什么，离开西桃园，直奔一附院。

马先生躺在医院里，脸色苍白，他的女友守在病床前。医生说马先生腰部严重扭伤，脚也崴了。警察抓他们的时候，他先把钱包和手机扔到了床下，推开窗户从五楼跳到了对面的四楼食堂的楼顶，后面追赶的警察也一跃而下，他无处可逃，心一横就从四楼跳了下去。警察看他跳了下去，低头看看黑乎乎一片，没敢跳。还好下过雨，地面湿软，离他脚边半米的地方就是水泥地，要是跳到水泥地上，后果就不敢想了。

马先生跳下去之后，就感觉浑身不对劲，头上冒冷汗，勉强拖着走了两步，实在走不动了，一屁股坐在一块石头上喘气。守在外围的警察赶了过来，看他脸色苍白，上气不接下气，有些害怕，呵斥同屋看热闹的人赶紧送他去医院。

我有些恼怒，不就打个牌嘛，这伙子警察谁不打呢？再说都是刚毕业的学生娃，谁见过这样的世面啊！一旁马先生的女友告诉我，早上听看门的阿姨说，警察进门的时候她还问了一句，警察告诉她接到举报，说有人在这里抽泡（吸毒）。

王先生的门很结实，警察踹了几脚竟没踹开，那门锁还是我买的（苦笑）。门没踹开，里边人却是给这巨响吓着了，也给了马先生逃离的时间。等到王先生去给警察开了门，明晃晃的麻将桌，并没有任何毒品，他们估计也很没面子。那晚带队的人叫杨某，我记忆深刻。后来听马先生说，多年后，他还和这个人一起同桌打过一次麻将，只是他没有当他的面提及这件事。

王先生和警察争辩了两句，被人抽了一巴掌。让我想起了柔石曾经天真地告诉鲁迅先生，他开了政治犯未戴镣铐的纪录。其实这些警察也是我们一级的学生，刚当上警察不久。这些人当中，就有同学住在王先生这栋楼上。

十一

那天，我正要关门，进来了一位顾客，他要买盒"石林"。

收了五块钱，我顺手就放进了钱夹里，走得急，没记账。

第二天早上，我来店里，小胡正在扫地，我坐到了柜台前，拉开抽屉，想补上昨天晚上的进账。

可是，当我补上这笔钱的时候，发现账款对不上，钱少了五元。我有些诧异，轻声说了句："咦，昨天我卖的五块钱烟钱咋不见了？"

小胡直了直腰，看看我，一脸惊讶："你再数数。"她说。

我于是又低头数，眼睛的余光看到她慢慢走到了我附近，一张五元的钞票正从她身上滑落，她用扫把动了动，大声对我说："看，钱掉地上了。"

呵呵，我笑笑，把她递过来的钱收进了钱夹，夸她眼尖。

小胡自以为做得天衣无缝，但是，她没有想到昨晚付款的小伙，给了两张两块，一张一块。我是散放在钱夹外面的。刚才我看钱夹，早夹起来了。现在想想，当时也怪我。如果我建一个大账，把所有的货物全记下来，小胡就不会这样了。可是，我卖的货太琐碎了，比如铅笔、乒乓球、大白纸，雪糕、啤酒、汽水……还有些小零碎，东西多，数起来特别麻烦，所以就偷了懒。起先还有账，后来，连进货单都没有了。

可是，经历了刚刚的一幕，我内心冰凉，这么有心计的姑娘，我对她这么好，不应该啊。几个月前，她还带着她的母亲来，她母亲还感谢我照顾她女儿呢。

很长时间，我都没有觉悟，看看这个营业场，我的多少东西在她手里消失了啊？不敢想象！

之后的几天，我都会去单位转一转，白师作为乙方单位的人，调回去了。经费紧张，中午盒饭也取消了。小李仍旧每天在勤奋地念英语，作为办公室主任的助理，她基本上没什么事了，学习成了她的主业。小朱在交大，偶尔来看看我。只有我，很迷茫地过着，每天忙忙碌碌，去康复路进货，扛着大包小包回去，货少了坐个小摩托，货多了打个面的。黑色大塑料袋和白色塑料绳是我的常备之物，很多时候去东大街唐城总部取我的自行车，双手都拎着货，背上还背着东西。见到当时的同事，他们一个个衣冠楚楚，看到我关切地问问，表情轻松地离开。只有我，搓着被勒红的手，站在那里喘气，双脚紧挨着货，怕被人顺手牵羊。那时我常呆呆地想，啥时候我也可以不用装这些塑料袋、塑料绳，自由自在地在街上走啊。可是，我不行啊，小李有她爹，小朱有他表哥，我依靠谁呢？仰头看，这个曾被人称为黄金屋的单位，现在也举步维艰。我娘心目中的花花世界，商业巨人，西北首个过亿元的商场，有一天也要崩塌了，可怕啊！黄金屋都靠不住，我能靠谁呢？

可是，小店入不敷出，每天都在赔钱，我该怎么办呢？心里那个急呀，半夜醒来，听老鼠打架，睁大眼睛到天亮，每天摸着口袋过日子。愁啊！小胡不用愁这些，她挣她该得的。就像我姨妈说的，自己都养不活，还花钱给国家解决下岗职工呢！说得真结实。

周六，照例给小胡放了一天假，一大早，她就打扮得花枝招展地走了。我一个人在水龙头前洗手，店就在路边，每天都飘进很多灰，很难擦，我今天打算把这小店擦得干干净净。未来怎样我不管，今天我的工作就是好好搞卫生，把这些玩具、童车、展台、玻璃柜擦得干干净净，一尘不染。

干着、干着，心情就好起来了，边干边唱起了歌。正在努力干活的时候，我听见人叫我，抬头一看，是她。

十二

她姓余，是我的同学，胖乎乎的，说话声音软软的，不紧不慢，给人的感觉总是在撒娇。我放下手里的活，快步走过去和她打招呼。她笑吟吟地站在我面前，她的身后，挤进来一个小脑袋。

"谁家的孩子？"我问。

"我哥的，今天从这里过，闹着要进来。"她笑着说，音调轻快柔软，时隔多年我仍感觉真切。

"小朋友，喜欢什么进去看吧。"我弯下腰和小朋友打招呼。

小朋友得了令，快速地冲进去了。

我正要和她说话，发现背后又出现一个人，小黄，余同学的男朋友。

我赶紧招呼二人坐。余同学家就在附近，父母是高级干部，她哥在财政局工作，家庭环境特别好。毕业后我们在四处找工作的时候，她已经很悠闲地在过暑假。我们还在报名阶段等工作的时候，她已经上班了。

一次去她办公室，发现她在电脑上玩扑克牌翻页的游戏，我趁她去倒水的光景，用鼠标点着看，不知道这怎么玩。

有天中午，她请我和另外一个同学吃肯德基。在北关帮我大姨卖完烧纸，我骑着自行车赶到了南大街，冻得浑身发抖，走进温暖的肯德基店，看着周围，眼光怯怯的，仿佛陈奂生进城。她熟练地拿了菜单给我看，我眼睛发直，吞咽着唾沫，不知道要点什么。她也没有难为我，自顾自地点东西了。

那一年，我二十三岁，第一次吃肯德基，印象深刻。

上学的时候，她是我们同学当中唯一一个可以和我评价足球、讨论法国文学和英国文学区别的女孩，说起帕攀、坎通纳来全没有很多人不懂装懂的架势。别看她说话软绵绵的，对付不怀好意的人，言辞也挺狠的。

那个时候，我不知道我想要什么。我一直很固执地认为，我要凭我的本事打天下。刚毕业那阵，我父亲已经做到一所名牌中学的校长，劳模、人大代表，想要调我回学校易如反掌。可我拒绝了，我不想在父亲的影子下生活。

一些同学私下告诉我，你追小余同学，将来工作是不用操心的。我压根儿没想过，我不是那种攀高枝的人。有一阵，余同学对我特别好，三天两头打我传呼，我奶重病我在家陪我奶，她打电话到我家，问我要不要去她那里吃中饭。我后来报考就是她帮我办的，没想到我竟考了第一名。这都是后话了。

印象中我只和她开过一次玩笑，我在电话里问她："我要是追你你会答应吗？"

她仍旧是软绵绵地拖着腔："我不知道。"

我有点害怕，从此再没和她联系。

小黄成了余同学的男朋友，很快就干到一家公司的老总，小余家法力果然了得。他瘦瘦的，很精干，穿着白格子衬衣打着领带，官老爷的架子已经出来了。

小家伙挑了一塑料袋包装的动物世界，拿在手里玩，边玩边喊口渴了，要喝可乐，我从冰柜里拿出一听可乐打开给他。

坐下来，继续陪同学聊天。可是，他们说什么我已经听不进去了，偷偷地翻看账本，看我的动物世界进价是多少，心里一直在盘算着，送还是不送？

那一阵我很可怜，除了支付一个月可观的电话费之后，几乎每个月都要赔四百块钱左右。三百多元的工资一发下来就投进了店里，同学来看我，总是暗暗捏捏口袋暗自发怵，只好请人吃一碗很便宜的面。上学的时候，我不是抠门的人，活到现在这般狼狈真是让人意想不到。

那天的对话到了最后，我还是狠狠心说出了我想说的话："这袋动物世界进价是十八块钱，可乐就送给孩子了。"

余同学笑嘻嘻地说："应该的应该的。"让小黄给我钱，我赶快打开收款的柜台找两块钱给她，余同学摆摆手说："不找了不找了，还有可乐呢。"

边说边快速离去。

手里捏着钱，我呆愣愣地站着，暗自骂自己没出息，非要问同学要钱。多年后，看《等幸福撞进门》，我特别能理解那个黑人父亲，被逼无奈，有些礼节就会不管不顾了。

之后我还见过一次余同学，那天她穿着红色丝绸的衣服，化很浓的妆，很显眼，和穿着雪白西装的小黄从我门前过，我坐在门帘后面，他们没有往这边看，我也没好意思和人打招呼。后来我听朋友说，那天他们结婚。

我有些怅然若失。人家结婚，去了好多同学，没有通知我，我是理解的。

环顾四周，是我摆了许多的卖不出去的货，还有隔壁飞来飞去的苍蝇。我要做这个行当一辈子吗？我能做什么？内心充满了失望和绝望。坐下来，什么也不想干，呆愣愣地坐着，感觉汗珠子顺着衣领在悄悄地滑落……

"老板，换个钱。"

我听见人喊，直起身来。

十三

小伙是隔壁卖水泥的，灰头土脸，穿件旧式草绿色军装，上面也全是水泥灰印印，头发很厚密，感觉整个头都盛不下似的，起了层台阶。在这条街上，我喜欢和卖杂货的老杨聊天，还曾专门给他弟写了篇文章，叫《邻居阿贵》。卖水泥的这个小伙我从来没有打过交道，也没有说过话。整天看他给小区里的人送货。小伙挺可怜的，一袋子水泥一百多斤，他每天来来回回要用三轮送很多趟。

小伙从光线刺眼的街上走进来，还不太适应环境，眯着眼四处张望，手里拿着一张百元大钞。

"老板，给我换成零钱，我没钱给人找。"

当时我还在愣神呢，顺手拿起来看了看，给他换了一百元零钱。

目送小伙离开，我仍旧继续发呆。周日的街上车水马龙，都是出门办事的，很少有人进来光顾，百无聊赖，我又顺手拿起了那张百元大钞，这个时候，我忽然发现那钱有些发软，再仔细看水印，毛主席头像也模模糊糊。不会是张假钱吧？我跑到对面东方老婆店里，借她的验钞器看。

东方老婆是我们的叫法，老人家叫什么已经不好考证了，她陕北人，东郊东方厂的退休职工，有一儿一女，家里情况不太好，老伴是个老实人，退休早，收入低。一把年纪，老人家出山了，她除了卖太阳能、杂货、烟酒，还卖民工用的被褥。老人家眼睛不好使，怕上当受骗，就买了个验钞器。

不验不知道，一验吓一跳，果真是假钱，我头嗡的一声，一下子眼冒金星，怒火中烧，扭头往对方店里冲。

两个文文气气的小姑娘在水泥店里打扫卫生，看见我冲进来的时候吓了一跳，我厉声问："你们老板呢？"小姑娘说："我们就是老板呀，刚盘下这家店，正准备开洗衣店呢！"

我的火气瞬间消了一半："那、那个小伙子呢，个子不高，头发很厚、像戴了个帽子的那个。"

小姑娘很疑惑："我们不认识。"

我一下子傻了，又冲到街前街后去看，哪有什么人哪，早没影了。

垂头丧气地回到店里，拿着那张假币翻来覆去地看，心里那个懊悔呀，没钱、没钱，还弄了个这事，怪不得整条街我都换不来零钱，老板一听换钱都不给换。唉，就我太老实了。

接下来的几天，我的眼光都一直在街上来来往往的人脸上看，看看能不能找出那个换假钱的小伙，我咬牙切齿，要把他碎尸万段。

之后的几天，我一直苦口婆心，告诫小胡睁大眼睛，别给人骗了；自己也小心谨慎，防止雪上加霜。

那天傍晚，店外又来了位文质彬彬的小伙……

拆迁前的杨家村

拆迁前的丁白村

十四

来人是我表弟，我小姨的孩子。初中毕业之后一直没工作，父亲去世了，小姨能力有限，也管不了他。所以他早早就出来混社会了。和我在北关一起卖过烧纸，当过一阵厨师，一直在做着发财梦。他的到来让我有些喜出望外，刚好他也没事，就来我这里帮忙吧，小胡已经不能再用了。

小胡呢，是个特别有心计的姑娘。她从卖一盒烟被我发现时起，还陆陆续续做过好几次手脚，都没有失过手。我从记账中发现了蛛丝马迹，有些东西她卖了会补货，自己吃差价；有些东西被她神秘地弄丢了；直到有一天，她很伤心地告诉我，营业款带底金被人偷了，损失两百多元，当时她提出要自己认账，我没让补。周末，她常常在我不备的时候早早关门出去玩了，这样下去可不是办法。女大不中留，狠狠心，让我表弟来帮我，我辞了她。

小胡走的时候恶狠狠的，把我自己屋里的东西都拆下来搬走了，我表现得很大度。朋友介绍来的，也别让朋友为难。

结果，后来发现，表弟也不是个省油的灯，他倒不会黑我，可是，他在我店里又租起了电影碟片，多种经营，一个月我从营业款中拿出四百元给他零花，他先后还借了我些钱买碟。一度生意红火，他甚至想接我的店，这近一年来我心力交瘁，答应把店转给他。可是，就在我打算挨个给债主们还钱的时候，表弟又借口有事，撒手不管了。有一阵子，我得给租碟办卡的人解释，赔钱。重新当回了老板，又面临新问题，一年的租期也快满了，要租仍旧得筹一万元，不要就得赶快出手。

这里还有个插曲，在我辞掉小胡的前后，我参加了电视台的录用考试，原本以为只是陪太子读书的下场，那天考试我仍历历在目，把我积压了几年的热情全部抒发在了那几页薄薄的纸上。谁知道两个月后，电视台通知我去上班。

一切都改变了。我也没有犹豫，在折腾了一年，赔了一万元的基础上，我把小店转让了。我的命运发生了可喜的变化，我也全身心地投入到全新的生活当中，就像许多书本里写的一样，柳暗花明，一切该来的都来了。四年之后来到了北京，在我们国家的电视台上班。很多夜班里，我悄悄地来，悄悄地走，常常回到宿舍还趴在高层的窗户上看中央台大楼很久，掐一下自己，暗暗地问，这一切是不是真的？

我们的国家在进步，周围朋友们也用自己的努力证明着这一切。小朱去了英国读书，回到北京后在央视一家调查公司上班；小李去了澳大利亚留学并留在了那里，那年我们在南稍门不期而遇，她还是当年的神态，活泼可爱；小陈在西安一家公司做会计主管，她结婚并有了孩子，过着富足平静的生活；

我的小店曾建在明德门的旧址上

王先生辗转几家单位，最后去了一家房地产公司，做到财务总监；马先生发了财又走了弯路，不得不重新创业，说起赌博的恶习，忍不住扼腕叹息；我的表弟在灯饰城打工，幸运地遇到了一位新加坡老板，开了自己的公司，生意涉及上海、杭州、桂林、天津，娶了个大学生老婆，生了个白白胖胖的儿子，过得还不错。

小胡结了婚，又在西郊开了一家玩具店，继续为自己的未来打拼。对门老太太年纪大了，她回到了东方厂，后来的一天杨哥在厂区里见到她，老太太满头银发，拉着杨哥的手不放。只有杨哥继续着他的生意，他的弟弟仍旧快乐地生活着，再见面的时候，已经不认识我了，表情很陌生。

曾经处在艰难中时，盼望着困难早点过去。风平浪静之后，回首过去的这些经历，心中有个声音在隐隐地问自己，这一切，何曾有过？

后来，杨家村拆迁了，明德门前新修了一条大路。2021 年 8 月 5 日，我和一老哥步行来到这里。没有了我的门面房，取而代之的是唐明德门的遗址和一个大红的模拟时空。我站在城墙上拍了几张照片，仿佛看到二十

唐明德门的虚拟时空

多前的我就站在马路对面。回忆是一座桥，接通了两岸的我自己。那个时候的我，正茫然地看着现在的我，不知道未来在哪里。那时的我，好年轻啊，我想。我要不要告诉他，其实未来并不差，可是，脚下是时间的河，停留在那里，有二十多年。

夏天的傍晚，乌云翻滚，风吹在耳际，感觉要下雨了。可是，我却满脑子回忆。现实和过往只差了短短一截距离，却遥不可及。人说回忆若能下酒，往事便可作一场宿醉。醒来时，天依旧清亮，风仍然分明。无须更多言语，一切都是过程而不是结局。人生路远，我必与过往的人和事相忘于江湖，于百转千回后，各自悄然转身，然后，离去……

二十三年里 我在西安搬了八次家

　　天凉了。人们的衣服一天天厚了。从春天盼到了秋天，就在快要进入冬天的时候，我们新房的钥匙终于拿到手了。

　　说不上来有多高兴，要全算起来，这已经是我毕业之后在西安这座大城市里的第三间房子了。然而，偌大的一座城市，能供我栖身的也不过是小小的斗室而已。

　　毕业那一年，单位里仅有两间宿舍，有十几个毕业生在争仅有的几张床位。于是管后勤的一位负责人让我们每个人都写一份申请。当时年轻不懂，我在申请书里写了自己居无定所、四处漂泊。这位负责人看到后，把我叫去狠狠地训斥了一顿，说我写得这般可怜，是不是在向组织示威呢？吓得我赶快重写了一份，就像是认罪状一样。我叫某某，男，今年多少岁，在哪个部门工作，由于什么原因，恳请领导考虑，能否给我安排一张床位以解决住宿难题，等等。

　　人生的第一次下马威，教训我在工作场有敬畏心。我认真领教了，按照要求写完诚惶诚恐地递上去，再等上级领导指示。

　　后来天渐渐凉了，下班又特别晚，我们去找那位负责人要宿舍更加频繁。结果她还给急了，召集我们开了一个小会，很严肃地说，现在单位房子特别紧张，没有能力解决大家的住宿问题，如果大家还在只考虑自己，不考虑集体，单位就只能把我们重新退回学校。你们认真考虑考虑。

大家一听这，都怕了，再也不敢到她那里询问了。

就这样，折腾了三个月，无疾而终。

但是，住还得住，总不能天天回家吧。

想来想去，我决定去大姨那里借宿。

我母亲有两个妹妹，两个妹妹都在城里打工。大姨打工的地方是北关十中后面的外国语学校，她主要负责教学楼的保洁工作，一个月的收入特别低。学校给大姨安排的宿舍在地下室，房子特别小，只有十平方米。为了安排我，她把她住所旁边堆放保洁工具的小屋收拾收拾，在学校里找了张小单人床放了进去，房间里还有一张旧课桌，可以看书写字。那个房间归别的保洁员负责，大姨费了不少口舌，终于算是把我安排进去了。

那算是我在西安的第一个安身之所，地方很小，还放了很多个水桶、扫帚、拖把和一些别的工具。每天早上天不亮，那几位大娘就跑到这里来取工具，开始工作了。我怕我在睡觉让她们不自在，于是早早就起床锻炼，在外面转转，等她们工作完再悄悄回来。

但是没有住两天，大姨容我在工具间里住这件事还是让这个学校管后勤的一位负责人给知道了，据大姨说是这里面的一个同事搞的鬼，我提心吊胆，害怕在这里住不成。

一天早上，还没等清洁工来取东西，后勤负责人就推门进来了，给了我个措手不及。她是一位五十多岁的大妈，卷发，很严肃。询问我是哪个学校毕业的，什么专业，在哪个单位上班，主要从事什么工作，她问得特别仔细。因为有前车之鉴，我对这位领导毕恭毕敬。她看我学生模样，态度诚恳，不像坏人，就放心地笑了笑，转身离去。也没说让我住还是让我走，等于默认，有同情分。终于，我那颗揪着的心放下来了。

但好景不长，由于学校调整，大姨的另外一个同事要搬来住，我就只能再找别的住处。还好，大姨住所南边有个楼梯间，更小，那是阶梯教室后面与墙夹角的一段小空间，根本不能住人。但是实在没办法，大姨努力把我的小床塞了进去，在门口给我放了一张很小的单人课桌。在那里，根本就没有转身的地方，要么躺到床上，要么坐在桌子边写字，累了往后一靠就是墙了。

尽管这个时候的居住条件特别艰苦，但我还是在这里住了一年多时间。这里是一幢大楼的地下室，对面就是厕所，也很少人来，一到晚上，上面的整幢大楼里都没有一个人，让人有些害怕。可是，我在西安实在没有栖身之所，这里能容纳我，已是万幸。我在这里没有朋友，每天早出晚归，很寂寞。但是这段时间，也是我特别自律的一段时光，洗冷水澡、跑步、背书、学习、写毛笔字。

再后来，大姨辞职回家了，我到现在也没弄清她好好的，为啥突然辞职。她一走，我也彻底没有地方住了。和大姨相依为命的那段时光让人很留恋，她一直当我是她的孩子，对我照顾很周到。我也比较懂事，闲了帮她一起打扫阶梯教室，农历清明、十月一和她一起在街上卖烧纸，协助她搞副业。她回去的那段时间，我一直盼着她回来，可是她那个屋子一直黑着，直到我搬走她也没有再回来过。

那个时候，我在南郊一所大学听课，慎重考虑后，就决定在南郊大学旁边就近租个房子住。

说干就干，从找房子到搬家，我只用了一天时间。也没有什么家当，一床被子，两个方便面纸箱的书就是我的全部。

新的居所在南郊丁白村，确切地说是丁村和白村，由于两村距离很近，人们习惯称丁白村。一个月七十块钱，勉强能接受。是勉强，因为那个时候我一月的工资也就二百三十六元。

我在这里住了有一年光景，其间小马和他舅吵翻了，跑来和我搭伙，房子倒可以住两人，但我们住的这个房子靠近街道，一天到晚吵得要命，每天天不亮我俩就被吵醒了。临街，灰尘特别大，我们的桌子一天时间都能落一层厚厚的灰。到了夏天更是倒霉，这里的蚊子特别多，我俩又没有蚊帐，到了晚上就用床单把全身裹得严严实实，枕巾包头，留两个鼻孔出气，尽管能气死蚊子，让它无处下口，但一捂一身汗，这样的夏天特别难熬。后来小屈来看我，看到这种情况给我们下楼买了两包蚊香。点蚊香的那一夜睡得那个香甜，我到现在都记得，那是记忆里的幸福。那个时候，对生活没有一点经验的我们才知道蚊香居然这么管用。

1997 年，父母努力在南郊买了房子，到了 1998 年夏天，我就从城中村搬走了。

南郊这套小房子是我在西安漂泊了四年后的第一个安身之所，所以我对这里一直怀有一种深深的感情。房子不大，但结构合理，两室一厅，功能分明。我在这套房子里结了婚，迎来我们的儿子，小家伙也在这里住了有小半年的时光。到了 2001 年 9 月后，由于天冷，房子又没有暖气，为方便妻子上班，我们就决定搬到学校去住了。

校园里的这间房子也不大，只有十二平方米，我们把冰箱、微波炉、洗衣机都放到里边，以至于房间里面的可用空间特别小。大家习惯把这样的住所叫筒子楼。水房、厕所公用，家家户户都把灶具安置在楼道里，遇到饭口，整个楼道里都飘散着油烟食物和厕所的味道。楼道特别黑，家家门口都装了盏白炽灯，做饭的时候就把灯打开。与我们住处一墙之隔就是水房，学校的水管遇到水压大的时候，吱吱嘎嘎响个不停，特别影响人休息。儿子和我们在这里住到上幼儿园，我们才搬去对面住，那个时候，他已经快五岁了，能大段背诵《三字经》和《弟子规》。

新分到的这套房子只有四十二平方米，一室一厅一卫，阳台当厨房。相对于住筒子楼，这已经相当不错了。冬天有暖气，夏天有空调，儿子放学，扯着嗓子在楼下喊他妈妈的名字，让人印象深刻。

再后来，连续搬了两次家，都是为儿子上学方便。我想，很多父母和我们一样，为了孩子上学，都选择在学校周边租房子，为了下一代的成长，做出了巨大的牺牲。

2018 年，儿子高考完的当晚，我们连夜搬离了。至此，频繁搬家的经历告一段落，我们的生活总算稳定下来。

住在新居的很长时间，我都不太适应。一个人长久地坐在客厅，看清晨熹微的阳光渐渐照亮整个房间，看傍晚的光慢慢逃离，夜幕降临空间变得昏暗。我东瞧瞧西看看，不能相信这是属于我的。曾经的努力变成现实时，还难以置信……

想想这些年住房的变迁，我就特别想回忆，想我每次充满欢喜搬家的心情，想比较。不管怎么说，社会一天天进步，人们对居所也有了更多的选择。一个人只要肯努力，就会一天比一天好，就像我们居住的房子一天比一天好一样，只要努力就有希望。

每次放学，儿子就开心地在楼下喊妈妈

这一天你是男子汉了

今天大寒。

可外面阳光灿烂。

多么不同寻常的一天啊。这一天属于你，儿子。今天，你已经十五岁了。

十四岁这一年里，我一直看着你成长，陪伴着你成长。你性子慢，干什么都不慌不忙。我和你妈妈都很着急。我们也知道你内心的渴望，其实，你渴望被尊重，渴望取得好

儿子十五岁

成绩，渴望老师的表扬，渴望一飞冲天，让所有的冷眼都变成泡沫。可是，当面对漫漫长夜和无休止的作业时，你却往往少了激情多了被动。

人生，在这样的阶段，往往是幸福的，又常常是无奈的。幸福是父母给你撑起的安乐窝，让你衣食无忧，可以自己去选喜欢的美食、图书、玩具甚至喜欢的衣服。无奈的是，你自己想要的生活又往往由不了你，你得抑制住自己想要飞的心，很不情愿地坐下来做你很不情愿做的事。

儿子，不得不说，这些事，我们曾经也不愿意做。我们也曾盼着早早长

大，盼着能自食其力，不想让父母管着，有自己的生活。其实，很早以前，我们就不把你当小孩子看了，你比我们十五岁的时候更成熟，看问题更深刻。甚至，你的归纳总结能力比我和你妈都要精辟。准确地定位你：一个聪明的孩子，喜欢动脑子，想办法。当然，你也知道我接下来说什么了，自制力差，缺少韧劲，缺少吃苦精神。

爸爸妈妈说过很多次，我们也从没有要求你比别人优秀。爸爸为啥要给你念《丘吉尔传》，那是因为，他曾是全班的最后一名。可是，曾经的他一直不服输，走到了人生辉煌的顶端。那个时候回过头再看，当时是全班第一的同学又在哪里干什么呢？我们可以不如人，就像一句谚语说的，老鹰可能飞得比鸡还要低，但鸡永远飞不到老鹰的高度。你的现在就是丘吉尔的曾经，过去很多年，班里的排名对那时的你来说实在不值一提。你会用自己的优秀否定曾经的一切不如意。

可是，这优秀是需要付出代价的。就像爸爸常常告诉你的那句曾氏的名言：除自强外，无胜人术。丘吉尔的成功，是他的骨子里一直有一个目标，他知道自己想要什么。所以，他一直在朝他想要的目标努力，从而不仅超过了他的父亲，甚至超过了他的高祖。今天，你十五岁了，你已经成长为一个小伙子了。今天，祝你生日快乐的同时，爸爸得提醒你，你也该有自己的人生目标了。你需要张开你的羽翼，趁爸爸妈妈还能帮一下你的时候，快快地成长，为振翅高飞的那一刻而努力。

回想你的成长，我能清楚地记得你刚生下来的大鼻子；你老是白天睡觉晚上闹腾，妈妈成夜地抱着你；上幼儿园了，你抓着爸爸的一根手指头，拼命往前跑，遇到保安，怯怯的眼神不敢抬头看；上学了，你总是很新奇地要这要那；和人打架，被人在额头抓了一下，让我和你妈妈都很心疼；小学练跳绳，让你很苦恼，尤其是双摇……

在我们的睡梦里，你常常还是那个穿着开裆裤，一个劲说没有没有的小孩。一转眼，你就是大小伙了。今天，你是幸福和幸运的。因为你的爷爷奶奶、姥姥姥爷、爸爸妈妈都围在你身边。你可能现在还感受不到亲人绕在身边的幸福感。但你要知道，亲人陪在身边是人生中最幸福的事。

从今天开始，你将拥有一段属于自己的人生。这是一个起点，我和你妈妈一点都不担心你的未来，因为你的骨子里有着父辈们的血性和冲劲。你需要的，首先是能沉得住气，耐得住性子，吃得了苦。你要知道，没有吃苦的人生是残缺的人生，我们家的孩子同样需要吃苦。当然，善良、大方和宽容会护送你尽可能少地经受磨难。

爸爸相信你！去吧，努力开创属于自己的人生！

努力的人生，无怨无悔。

2015 年 1 月 20 日

人不轻狂枉少年

儿子十五岁

中考，是人生的一小步。可是，对年少的儿子来说，这却是他人生的一件大事。经过九年的学习，他要进行人生当中最重要的一次选拔。这个重要的时刻，我想我一定要陪着他一起度过。

说来很愧疚，儿子长这么大，我做得实在太少。本身工作很忙，事情又多，教育他的重任，就全压在了妻子身上。所以他对他娘很依赖，对我一直敬而远之。我偶尔当个救火队员，能帮他的实在太少。儿子到了青春期，往往做事冲动，有自己的看法，很难听得进去别人的话。我先让自己慢下来，然后给他讲一讲自己童年的怯懦，让他知道他所面临的困难，周围所有人都会遇到。只有沉住气，才能跨越人生的难关。

儿子性凉，一直都不紧不慢，能偷懒一定偷懒。外面浊浪滔天，对他来说干扰不大，依旧我行我素。看不出他有多远大的志向，对未来想要干什么也没有明确的目标。而且他特别重感情，喜欢怀旧。这也是这一代人的一个时代烙印吧。

考试的前一天早上，陪他出去散步。给他讲我和我弟小时候的故事，在同样的年纪，就有同样的话题。他也很高兴，给我讲他同样的经历和感受。我告诉他，在我们家族的七个孩子中，我是比较笨的，应该可以排名倒数第二。家族里最聪明、最被大人们看好的孩子，就是我弟弟。家族中最聪明的女孩子，就是我堂妹。以前我学习最刻苦，放学第一件事就是赶紧做作业，可是成绩还老是不如人。连我奶奶都不看好我，觉得我笨得要死。奶奶最喜欢聪明的孩子，遇到笨孩子做错事，往往就要捶一顿。我打小就害怕考试，看着考试题，答出来自己都感觉不对，往往还硬答。自然，往往被老师留堂，被人嘲笑。

儿子听得咯咯笑，讲他也有类似的事情。我告诉他，尽管爸爸笨得要死，但有一点别人永远超不过，那就是干任何事都认认真真。别人做一遍，我做一百遍。别人学骑自行车，个子足够高就行；我只要有空，就一遍又一遍地练习，摔到干粪坑里爬起来继续。练习颠球，我弟弟老说我练得不标准。可是别人颠标准的十个，我能颠不标准的一百个。老天爷一定不亏待笨小孩，你看曾国藩资质也差，但他一直很刻苦，对自己严格要求，照样干成了一番大事，成为国家的栋梁之材。林肯你知道吧，在他当总统之前，一直都没干成过啥事，可他当总统很成功。赵匡胤年轻时很落魄，跑到陕西华山来算命，算了所有的官都一事无成。后来心一横，想着算算我能当皇帝不？竟能当。你说当时谁信？几年后他竟真做了皇帝。

第一步很成功，我们有了更多的话题空间。考试前一晚，我们都早早上床，妻子说关手机，我赶快关，咱们给儿子做个好榜样。第一天送他考试，把握不来时间，就让他在车上复习，我自己在外面转。后来掌握好时间，恰好把他送到。儿子下车前，告诉我说，仿佛跳伞前的准备，我一声令下，他就呼地下去，听到一声响，我开车离开。那一刻，我真觉得自己是开飞机的投放员。只是，考试没人能替代，只能默默祝他好运。

每一次接他，我都让自己站在楼梯口最显眼的位置，让他从对面桥上过来，第一眼能看见我。第二天他快步靠近我，说："爸爸你真准时。"他不知道，我已经到了二十分钟以上。站在桥这边，我和所有父母的心一样，盼着时间慢一点，让他答得从容一些，再慢一些，让他多检查一下下。那些个乘着各色交通工具来的父母，不论是家庭情况好的，还是一般的，大家的心情是一样的焦灼，站在他们当中，我还是很愧疚，我是一个极不称职的父亲。

第二天考完英语，儿子情绪极为消沉。中午吃得不多，也没睡着。坐在车上问我："考不上高中可咋办呀？"我一边劝着他，一边告诉他，相信自己，你一定行的。投放他下去前，他喃喃自语："如果下午第一门没考好，就不考了。"我已经来不及再说啥了，告诉他："只要正常发挥，把自己学到的东西答出来，考不好也不要紧。"

就这样，我走了，把他留在了考场上。

一下午都很揪心，考试结束，从他上桥到下桥，我都尽力看他的表情是否开心。还好，他发挥得不错。可以说是绝地反击。那一天，他很兴奋。我也很开心，无论怎样，人生重要的一个阶段，就此翻过。

那天晚上下着小雨，他去学校估分数。他们的一位同学要去美国，和全班同学告别。三楼一层楼，都是初三毕业班。操场上，全是父母打着伞，准备接自己的孩子回家。快 10 点的时候，其他教室都熄了灯，只有他们教室还人声鼎沸。窗外，是一个个打着伞在默默等待的家长。雨一直在下……

我在雨中的操场慢跑，思绪也一遍遍回到了我的青春时代。口中竟唱起：

> 梦是蝴蝶的翅膀 年轻是飞翔的天堂
>
> 放开风筝的长线 把爱画在岁月的脸上
>
> 心是成长的力量 就像那蝴蝶的翅膀
>
> 迎着风声愈大 歌声愈高亢
>
> 蝴蝶飞呀 就像童年在风里跑
>
> 感觉年少的彩虹 比海更远 比天还要高

此时此刻，他们在教室中一遍又一遍地喊着茄子，想必在照相。儿子特别重感情，他一定很激动，和大家告别。前天看他的空间，他还在写：那些不愿意从梦里走出来的人，就永远地留在回忆里。

雨越下越大，家长们依旧站在雨地里。我悄悄地离开了，多少年的寒窗苦读，孩子们为了这个考试付出了太多。很多人午夜 12 点之前都没有睡过觉，这一天，在被分数击倒前，就让他们再疯一会儿吧。我悄悄地离开了。太白先生说，仰天大笑出门去，我辈岂是蓬蒿人。每个人都有自己的人生，趁着年轻就赶紧轻狂一下也无妨。今夜，属于毕业班的孩子们，就让他们在快乐和笑脸中，铭记他们终生难忘的一刻吧。

2015 年 6 月 29 日广电中心

接受自己 无论好坏

儿子在青海

儿子十八岁，今年参加了高考，分数距离一本线差了三分，与他想上的大学失之交臂。他一度心情低落，郁郁寡欢。17 日，妻带他去青海格尔木扶贫支教，在格尔木，儿子看到了阳光，内心发生了转变，这神奇的光来自青藏高原。以下是他在青藏高原所写的一篇文章。

放假初刚刚读完《活着》与《追风筝的人》，有幸参加这次活动，与这两本书对比，颇有感触。

"没有什么比期待不平凡更平凡的了。"其实我本是一个非常骄傲的人，或者说，眼高于顶。年少轻狂总是让人失去对自己的正确认知。在顺风顺水的十八年之后，我承受了生命中的第一道裂痕。我以三分之差，与自己理想的大学失之交臂。从云端跌落，这感觉可真不怎么好。负面情绪可一下子全跳出来了。自卑与失落，这两个魔鬼掌控了我的生活。世界灰暗了下来，我只能一个人蹲在角落，静静地痛哭。

我来参加这个活动之前是有十分强烈的抵触心理的。因为同伴们都在我理想的大学就读，而我却以毫厘之差与之错过，所有的热血、激情与梦想都因此而凝固了。我一直在人群中保持缄默，魔鬼们折磨着我的心脏。我讨厌他人询问我的成绩与志愿，因为这会一遍遍唤醒那些魔鬼。可其实就算他们不去询问，我的内心也在胆怯，那是一种真实的恐惧。我想是上苍决定要拯救我吧，他让我在深渊中重生了。

队伍决定去走访一些村庄，我也有幸能采访他们一些问题。因为《追风筝的人》多有讲穆斯林之间的故事，这激起我对这片土地的好奇与期待。这是一扇窗户，不仅是"象牙塔"与世界之间的，也是我的心上的。土木结构的新房、大片的田野、新修的小路，还有那让人欣喜的绿、陶醉的红。还有村民们，不同于课本上的呆板形象，生活、信仰、希望，他们同我们一样，是活生生的。那是一种散发着无尽活力与生机的力量，那是生命的力量。如《活着》里说的一般，他们似乎忽略了眼前的困苦，以一种无尽的力量与世界无声地对抗。活着不为了什么，活着就是为了活着。我如醍醐灌顶一般，清明之感从头顶凉到脚后跟。世界从此刻又亮起来了，不远处，天空那么碧蓝，大地那么炽热。那时我明白了，人若要活着，所做的第一件事就是接受自己，不论好坏，优点与成功是你的人生，缺点与失败亦是。成功可喜，失败亦不可悲。"每个人的人生都会有裂痕，那是光照进来的地方。"

|那个黑黑的"云南娃"

8 月 26 日，西安暑热未消。

我们一家三口在这一天乘高铁奔赴云南，为儿子去昆明上大学送行。

那天爷爷奶奶穿戴整齐赶到了地铁站，爷爷像对待成年人一样，很正式地和他的孙子握手道别。

9 月 2 日午夜，我和妻拉着行李箱再次回到了西安。暗夜无声，快走到楼下的时候，忽然有些伤感，出门的时候三个人，现在，把儿子扔在千里之外，就我们俩回来了。

眼前黑乎乎一片，耳旁是行李箱拖在地面上轰轰的声响，愈加让人难过。没等妻子的"唉"声发出，我就迅速转脸告诉她："其实这样挺好的，今年他要是没有大学上，在家补习，咱俩现在不知道是啥心情呢。"妻说："我没难过，是你自己难过的好吧。"

转眼一个月要过去了。

9 月 30 日，儿子要回来过节。那天我上班，本来安排了一位好朋友去接，谁知单位休假安排，我没事了。于是临时决定，我去机场接他回来。

一说到儿子，内心就风起云涌。

打从初二开始，就进入青春叛逆期，一直折腾到高三毕业；送他去云南的路上还在和我们打别，说啥都听不进去，说一句他能顶撞十句。为了他的成长，妻费心劳力，哭过很多回，伤心过数十次，每次辗转反侧，都会失望地叹气。尽管儿子和她对抗，但她一直没有放弃地教育他、开导他、训练他、宠着他。好在儿子上大学的这一个月，忽然间能明白我们的良苦用心，忽然间愿意和我们交流，忽然间像变了一个人。

走在路上无比开心。儿子今年十八岁，他的人生画卷才刚刚展开，过去的一个月，他在学校当班长，进青联，组织活动，坚持跑步，每天坚持看书，记单词，短暂的休假对他来说可能是人生当中最开心的一刻。那时，我想到了杜甫的一句诗："青春作伴好还乡。"

在机场大厅等候飞机落地时，翻了翻他的 QQ，看到他在留言板上写下的那句话，竟也是"青春作伴好还乡"，哑然失笑，不愧是我的儿子。不过他还多了一句话："漫卷诗书喜欲狂。"这是描述他心情的，我没想到。

见到他风一样奔出来的时候，我忙着照相给家人汇报呢，都没来得及给他一个拥抱，等到他和我并肩而行往出走的时候，发现短短一个月时间，他个头明显比以前猛了，身体也壮了，肤色更黑了。

"我刚下飞机，陕西移动就推了一条短信，欢迎你到陕西来，把我气坏了，真当我是云南人啊！"

"哈哈，"我说："欢迎你这个云南黑娃来陕西！"

坐在车上，他嘴里还在喃喃自语："回来了，终于回来了。"儿子说，昨天一天，他满脑子都是"我要回家了，我要回家了"。啥也干不进去，就是一句，"我要回家了"。今天

儿子冲出机场

的飞行过程中飞机有些颠簸，他还在心里给自己说：回家了，终于回家了，就是飞机坠毁了，妈妈也会把他埋在家乡的土地上……

我很好奇。小屁孩一岁断奶的时候送回了长安老家，我妈把他看到两岁多上了幼儿园，之后一直在西大校园。人在云南千里之外，他心中的"家"究竟是一个什么样的概念？

他说，他脑海的家是爷爷在前面走，他在后面紧紧地跟着，眼前是一条白白的石子路，路旁有一棵高大的白杨树，树枝上挂了条红绳子，爷爷一年年变老，白杨树一天天长大，这样的画面结构却一直没变。（后来他在家里给全家人讲述他脑海里的家，他妹还在质疑他，你跟在爷爷后面，那我呢？妹妹一直是他的跟屁虫。哈哈，不知道他当时是如何把妹妹糊弄过去的。）

我说："那你还可以啊。（跑步全校第一，入选青联时遥遥领先其他报名者，看了好几本书，为搞好组织工作把游戏都戒了，这是过去我们费尽心力都没解决的事。）你挺厉害，很坚强。"儿子说："我想家想得我哭啊，我使劲地哭，一个人跑去小树林哭，哭饿了去食堂买个夹馍，边吃边哭。有一天我哭完走出小树林，还看见了只小松鼠，刚掏出手机准备给它照相，结果它跑了。"笑着，哭着还能给我描述小松鼠，挺好的。我想他哭是在调整自己的飞行姿态，儿子这一个月的确是在学着长大。

返回的路上，让他给爷爷奶奶、姥姥姥爷打电话，电话那头，都是女人抢了电话，向儿子道喜，我父亲、岳父都很含蓄。前些天，儿子发了一条微信，说他看不清前行的路。爷爷说，他愿意化作那道光，永远照亮孙子前行的路。妻看完，感动无比。岳父则紧张得一夜没睡，打电话问，孩子没啥事吧？他成长的路，明灯何其多啊！

到了朱宏路立交，大堵车。我说咱们刚好没事，你不急着上厕所吧。儿子说："没事，不着急。我现在可有耐心了，上厕所也能憋了，心里特别静。以前，我干这件事，老想其他的事。后来我看了一个故事，说从前有座山，山上有个和尚，他每天就做三件事，劈柴、挑水、做饭。他劈柴的时候，想着挑水、做饭，做饭的时候，想着挑水、劈柴，结果啥也做不好。后来，他悟道了，说他劈柴的时候就想劈柴，挑水的时候就想挑水，做饭的时候就想做饭，这样他就心静了。挺好的，我现在看书的时候就看书，学习的时候就学习，心思也不乱。""啊，这不就是我曾经给你说的，做你现在所当做的，才能在将来做你想要做的那句话吗？"我说。

"老爹你的道理还是大，你具象到每一件事，就单纯了。"

嗯，厉害，儿子悟得很透彻。

"和同学们处得咋样？"我问。

"挺好的，我们每人打扫一天宿舍卫生，我有一次忙青联的事，他们主动替我打扫了。"

"是啊，一个人情商要高，就要学会交朋友。"

"对，我现在就是这样，刚开始跑步的时候，还能叫醒一两个同学和我一起去，后来再叫，连人应都没有了。我就自己跑。与君同船渡，达岸各自归。相处的时候，就真诚相待，等到上岸了，大家就各走各的路。"

不错，认识有高度，我们和儿子又何尝不是如此呢？

回到家门口，我把钥匙递给他，让他给妈妈一个惊喜。

儿子笨拙地打开门，他母亲正在厨房给他烧鸡翅，儿子和母亲深深相拥，妻子表现得很淡然，她不想让自己的儿子难过。人生就是这样，母亲不狠心，孩子长不大。只是，烧儿子最爱吃的菜是心底里绕不开的爱。只可惜了我们家的锅，已经被烧坏了三个……

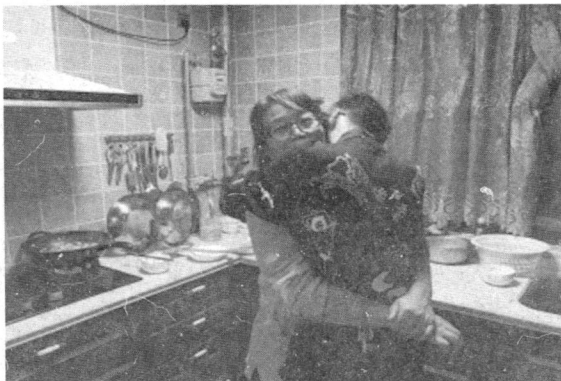
儿子回到家中拥抱母亲

10 月 1 日，国庆节。我们全家召开盛大的"欢迎酒会"，欢迎儿子胜利归来。我想留在他人生记忆当中的，这个初上大学回家探亲将是很有意义的一件事。以后他单飞，岁月磨砺，能记住的这次欢聚应该是最开心的时刻。

吃饺子，这是我们都商量好的。这是除夕的饭，也是团圆的饭，我弟也赶回来包饺子，大家相视而笑。让我想起了三百年前袁枚中了状元，从京城回到家中，一家人相视而笑的快意，那样的快意竟有着如此巨大的穿透力。吃完饭陪他回老家，儿子再次回到爷爷奶奶身边。他后来告诉我说，那天上原的路，和他梦中的样子很像，路边是盛开的花和一只只白蝴蝶，他记忆中和爷爷爬原时，也是那样的白蝴蝶，他说，那天的白蝴蝶仿佛是从童年飞过

难忘故园情

来的，继续停留在他脚边。老家的房子已经出租了，里边有人，想让儿子看看，儿子的爷爷敲了半天门都没开。后来儿子告诉我说，手抓住门环时，他想起爷爷当年带他出去玩，回来的时候，爷爷从腰间掏出绑在绿绳子上的钥匙开门，手搭在门环上的时候，他的眼泪哗地止不住地流下来。

那天离开老家时，我弟弟勇敢地爬了一下当年家门前的柿子树，看着二爸表演爬树，儿子笑得很灿烂。

爷爷送了本书给他，是《梁家河》，儿子一天都在安静地捧着书看，极其安静，真像他描述的。当晚，他在 QQ 上写，将相本无种，男儿当自强。这是我前一天刚刚教他的一句话。

在杨陵，同样是欢快盛大的欢迎式，姥姥、姥爷，舅舅、舅妈，还有明年准备高考的表弟。后来儿子舅妈告诉我说，儿子和他表弟的聊天中的一句话，让她印象深刻：学习是一个人一生中贯穿始终的事。

在从杨陵回西安的路上，妻子告诉我

儿子在看《梁家河》

说，儿子这刚刚出去一个月，一下子长大了，成熟了。儿子说，他觉得他想干很多事，总想寻找舞台展现自己，他还记得我和妻子告诉他的话，要踏实低调，不张扬。所以他现在也在慢慢地磨炼自己的耐心。儿子说，他看到余秋雨的一句话，一直牢记在心："成熟是一种明亮而不刺眼的光辉，一种圆润而不腻耳的音响，一种不再需要对别人察言观色的从容……一种能够看得见很圆却又不陡峭的高度。"

跟儿子在高新区

趴在他母亲怀里，儿子喃喃地说："为啥我在云南很独立，回来在你身边还是个孩子。"妻子说："那是你在云南没有依靠，只能靠你自己。"

去牡丹园故地重游，去桃园找马叔叔理发尬聊，和他妈妈去看电影、吃牛排，去高新看灯光秀……时间就这样慢慢流逝，离他开学的时间越来越近了。

昨晚，从我们住了四年的桃园离开时，外面依旧车水马龙，我叫了声："儿子。"妻感觉我语调不对，马上告诫我说："不许扰乱军心。"我说："我咋会扰乱军心呢，我只想告诉他，我们都很爱你。"

儿子应了一声，然后坚定地说："关山万里路，拔剑起长歌。"

回家的路上，我一直都在口中重复儿子的话：关山万里路，拔剑起长歌。

夜色阑珊，忽然什么声音都听不见了，沉重的夜和雪白的车河的光，从记忆的镜头中慢慢拉开……

2018 年 10 月

断舍离

十多年前，丈母娘家搬新家，召唤我去当劳力。谁知道，年岁真来了，再不似年轻时身强力壮，搬得上气不接下气。岳父母年纪大了，经年攒了好多家当，旧衣柜、缝纫机、自行车、老式台灯、折叠架子床、旧衣服、旧窗帘……当然这些东西也不是往新家搬，新家也用不上，老人不舍得扔，就让我和小舅子一起搬到地下室，把个小小的地下室堆得满满当当。小舅子累得喘着粗气、抱怨地给我说："唉，都是些没用的东西，我估计咱妈这辈子都不会再动这些。"

旧物件跟了老人那么多年，已经有了感情，留着没用，扔了可惜，只好把这个历史遗留问题甩给下一辈。我估摸，下一次后辈们想用地下室的时候，估计连思忖一下的时间都不会有，全部清空，真真地"崽卖爷田心不疼"。

与岳母的做法相反，老娘是坚决地"断舍离"。前些天回家，父亲告诉我说："你妈最近热衷卖破烂。她把喜爱的自行车卖了十块钱，你大前年拿回来的大遮阳伞卖了七元，旧报纸全卖了。过时的好衣服送人，破旧的都扔了。"娘之前曾告诉爹说："咱们要清理战场，怕儿子将来扔都没处扔。要知道，那些旧家具、旧物件里藏着他们的回忆、藏着他们的怀念、藏着他们的不舍。"

老人的断舍离，不是简单的扔东西，而是有更深的含义。爹告诉我说：

"我们把遗嘱也写好了，怕你们弟兄俩日后起争执、闹矛盾。"

老丈人给女儿说："我们想回天津老家去看看，算是告个别。"

两边老人的年纪都大了，有些话不得不说。

听他们这样说，也知道他们怕我们难过，不愿意面对，在小心地向我们做着提醒。父亲说："农村有句话说，叫你去逛集难道你还不回去了？"是啊，人不能奢望太多。其实我们已经算很幸运地来这个世界上"逛集"来了，因为"逛集"逛得太久，我们习惯了这种生活，希望能长久地"逛"下去。可人生没有不散的宴席，总有分开的时候，终究是要"回家"的。

道理都懂，可仍心有戚戚，不知道该如何回应。我知道，说出来的怕都是假话，所以干脆不回应，装作没听见。但是心里很难过，一直无法回过味。遇到这样的情况往往把话题岔开，让自己不去往那个地方想。

工作很忙，生存压力大，确实也没有时间陪伴老人，即便是他们生病的时候，去一下医院也是匆匆忙忙，装着满脑袋的事，就连给他们打饭都顾不上。每每想到这些，心很痛，总是暗暗地在骗自己，会有时间的，一定会的。

时间很残酷，这些年已经有好几位好友的父母撒手西去，说起他们的痛，说起他们的遗憾，我总是很同情，同时又暗自庆幸，我父母都还健康，让我慢慢享受。殊不知，这一天也或早或晚地等着我们，想想都觉得难于呼吸，痛不欲生。

今年6月21日，父亲在我们家的朋友圈里写了以下的文字：

又是一年夏至日

1981年我在西安上学。借用暑假和王建军几个同学外出打工，好挣些钱补贴家用。我是木工，每天工资两块四毛二。王建军他们做普工，一天工资是一块七毛八。干了一个假期，我拿回家八十多块钱，王淑珍一数，问我，咋挣了这么多！

这个暑假，王淑珍和两个孩子在家。当时张宇辉八岁，张旭辉十岁。一切家务农活都要他们三个干。最重的活是晒麦子。晒麦子要天气好，气温高。农村人说，一过夏至遍地起火，是晒麦子的好时候。王淑珍和两个孩子要在夏至后把家里所有的麦子扛到一公里外的土场去晒，中途还有一段上坡路。收麦子要在午后火辣辣的太阳下进行。他们三个先把麦子收到一堆，装入口袋，再扛回家。所有的工作都是在太阳的曝晒下进行的。

收麦子最怕天变，天空一有云人就紧张，总怕下雨淋湿了麦子。由于急着收麦子，汗流浃背已无所顾及了。我回家听他们讲收麦的经过，紧张带给他们的兴奋现在很难遇到了。

父母还是生活在过去的年月中，与我们现在的生活已严重脱节。老家的地都卖完了，村里仅有的地方也都盖满了，故乡的样貌已发生巨变，几乎都要认不出来了，现实生活逼得我们没有时间去想过去，就连回家的次数也越来越少。

平行世界里，我一直想象着儿子生活在西大老校区、桃园校区；岳父母一直生活在安闲的杨陵；在父母的眼里，我们一直生活在美丽的长安樊川少陵原上，在那里劳作，在那里嬉戏。我眼里的爷爷奶奶也一直生活在那里，日出日落，生生不息。

上一代不会倾诉，下一代无心体会。生命，就像黄昏最后的余光，瞬间没入黑暗。龙应台这句话说到了我们心里。可是，就是上一代会倾诉，愿意告诉你他们的感受，你有勇气听吗？

岳父每天都在微信上观察我的走路，哪天忙哪天清闲他都掌握，儿子生病的那几天，半夜跑医院，他一大早给我打电话，问发生了什么事。老人爱你，总是时远时近默默地关注着你。娘每次回老家园子，总要给我们带些青菜，知道我们忙，总是择得干干净净再给我们，节省我们的时间。

断舍离，你知道他们要去那里。这是一趟长久的旅行，你要给他们准备衣服、食物，还是钱？那边黑不黑，要不要手电？那边下不下雨，要不要雨伞？

去了那边如何跟我们联系？一切都不知道。

两边的父母都生于 20 世纪 40 年代，经历过贫困、饥饿，强烈感受过人间的冷暖，迸发着异于常人的光亮在拼搏，为自己拓展生存的空间，也给我们最大的庇护与温暖。他们辛勤劳作，赡养老人，教育儿女，看护孙辈。现在他们老了，却要面对儿女的忙，无暇顾及自己……

是的，人生有很多的不得已，我们都是说别人的时候理直气壮，说自己的时候无法逾越。家家一本难念的经，于是，很多的委屈、无奈，更多地让父母背上了，想想都心痛。可是，却无人替代。

今年母亲节的时候，我们的《快报》栏目组设计了这样一个场景，让儿子和母亲对视三十秒。现实中采访的时候，每一个儿女都是还没看上十秒就满脸泪水。我也曾尝试着看母亲一眼，可是，连一秒都不到，就没有勇气再看。看娘抱着我儿子在兴教寺花园里的照片，我惊讶娘曾经竟是这样年轻，我这些年又何曾认真看过，娘在我们的不知不觉中老去，我只能叹息生命在岁月面前的无力。

老人退休的时候，我们不理解他们的情感，他们的寂寞和伤痛我们体会不来。当他们身处这种退休后的巨量空虚和不适应中，我们不能感同身受，我们也没有给予我们的关心和爱护。过后想来，让人心痛。可怜的老人啊！

这一年，我也年过五旬。在过去，已经算是标准的老人。我深知，留给我的时间不多了，陪伴父母的时间也很有限。我不似龙应台先生可以五十岁回家陪伴父母，人生聚散有数，没有后悔药可吃，无期可延。这一生，我们唯一能给父母的，只有陪伴。龙先生说，就在当下，因为，人走，茶凉，缘灭，生命从不等候。

是的，生命从不等候。我们的人生，很多时候来不及告别，不知道什么时候离开。你以为下一次还会再见，实际上可能永远也不见。你以为这一刻可以永恒，实际上却是永别。所以，陪伴的时候就当是永恒吧，我们也把每一次陪伴都能看作是一次正式的告别。在这有限的生命中，抓紧一切时间陪伴，因为除了陪伴，其他的都算不上什么。

世间好物不坚牢，彩云易散琉璃脆。这个世界，和父母、家人在一起的时间是最好的，那一餐饭，一次嬉戏、游玩、交谈都可能幻化成美好、永恒的记忆。没有天长地久，趁你还有时间，必须把陪伴父母的点点滴滴当作天长地久。因为，这才是唯一的天长地久。

执手看泪眼

例会正常进行。这是每周一的例会，频道从成立起就一直在每周一进行，不论刮风下雨，不论严寒酷暑。那天宣布新的任命和免职决定的时候，我感

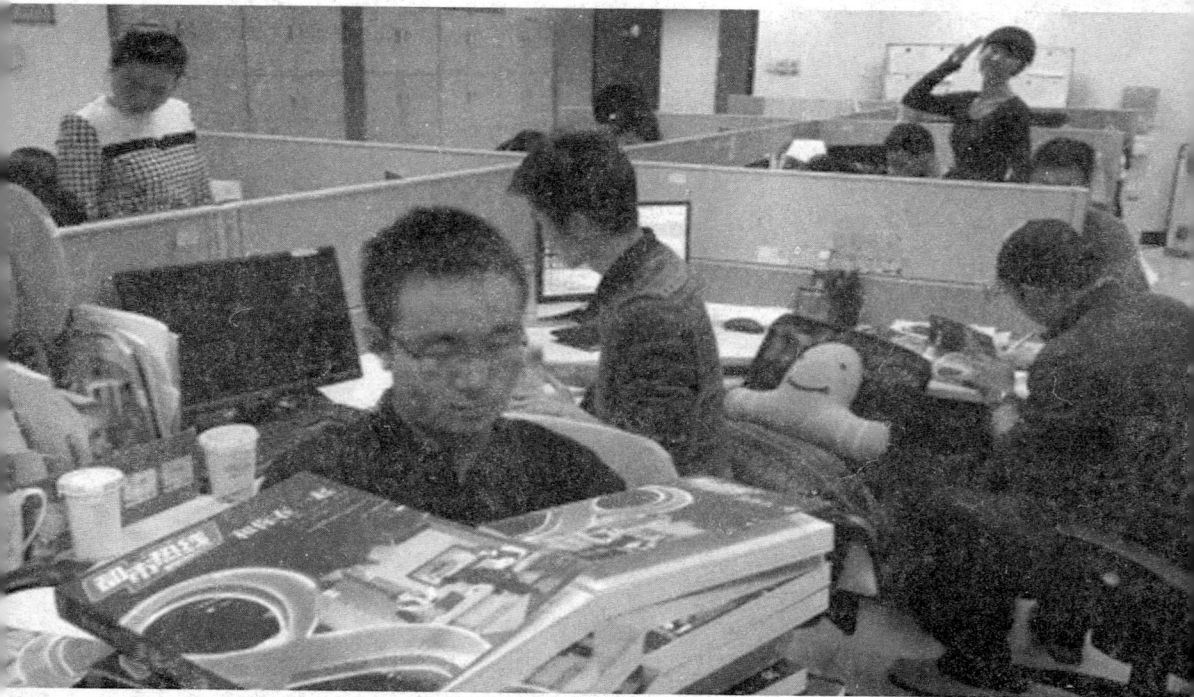

2014 年年初的《热线》办公室

觉到了背后的骚动与不安。和许多人一样，耳朵里嗡嗡响，领导之后说什么已听不进去了。

然后是新班子的就任，然后是讲话，一切都是按程序来的。

微信群里，通知大会后部门开小会。我明白肩负的责任，压倒一切的当务之急是稳定队伍。

我在这个部门待了八年，再过一个月零两天就是她九岁的生日。我曾经设计，《热线》十周年的时候，我们要拍一部微电影，到时候我们大家一个都不能少。可是，没能等到那一天，大家都在，我却突然离开了。尽管，从我的旧办公桌到新办公桌，只有差不多十米的距离。仅仅十米，却像一扇门，将我永远地关在了外面，再也回不去了。

又是一个"我猜到了故事的开头，却没能猜到故事的结尾"。大家都已经习惯了按部就班的生活，可是，就在领导宣布的那一刻，仿佛我人生的收视率曲线的断崖，我在下坠，不知浅深地飘落，什么也抓不住，身似浮萍、

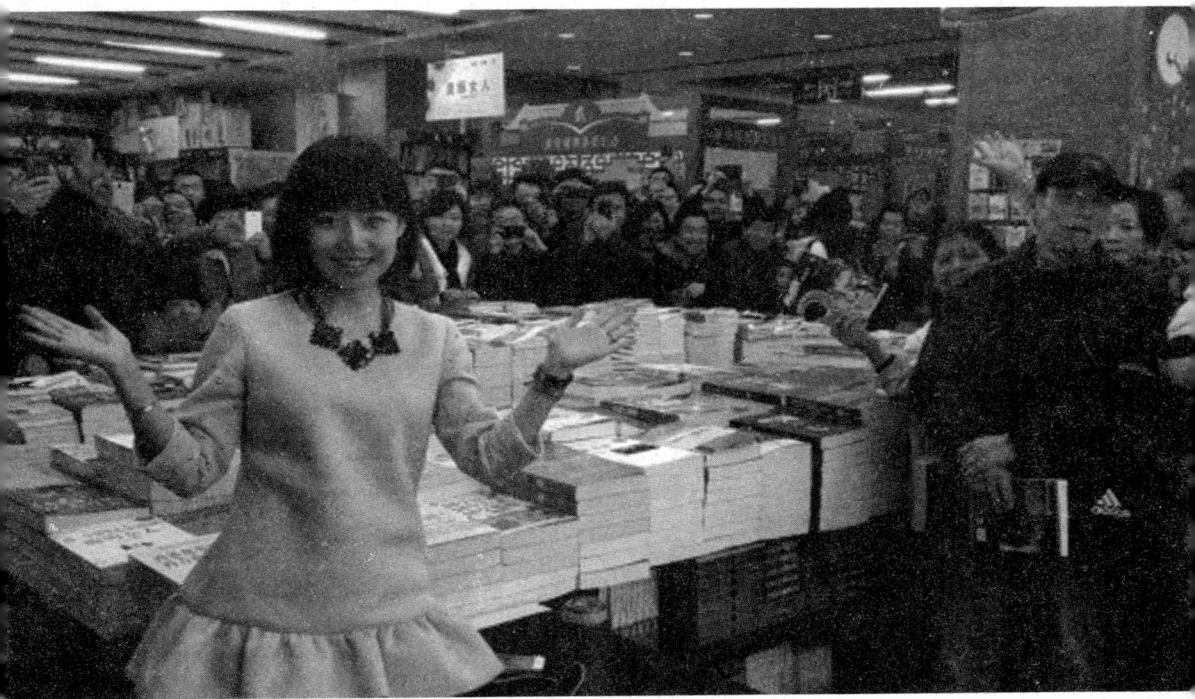

主持人小民在汉唐书城的签售现场

无人相助，只有独自面对。

从会议室出来往我办公室走，只有短短的几十步，出门左转再左转，转进了我的办公室。抬头瞟一眼，所有人都在看我，大家都很震惊，还没有从错愕中醒过来。

我的脚步起先还很快，可是走着走着，就走不动了。沉重地迈不开腿，脚下也不利索了。我不敢再抬头看一眼我亲爱的兄弟姐妹。两年前，我们部门只剩下不到三十个人。新人和老人都不能在一起开会，栏目组调整，新人尚不知内情，怕引起恐慌。如今两年过去，放眼望去，我们有四十多人，兵强马壮。当年的老人一个个身怀绝技，出手不凡；新人经过两年多的历练，能挑大梁，能打硬仗，采访中一个眼神他们都心领神会。当时，栏目组严重缺人，为了维持正常的运转，我常常想尽办法伸展腾挪。现如今，一声令下，想做啥选题都尽管布置，什么样的硬骨头我们都能啃下来。

我们的队伍朝气蓬勃，充满斗志。可是，作为他们的领头人，我却意外地离开了。

距我办公桌只有三米了，我想扑过去坐下来，静一静。我想起了卡夫卡的那身重甲，我要有一身这样的重甲该多好，让我冲进去歇息片刻……

亢凯站起来迎我，我看到了他关切的目光，听到了他简单的问候："咋回事？太突然了。"

一刹那，泪水模糊了双眼。

我极力控制着自己的情感，就在一分钟前，我还在告诫自己，稳定队伍。可是，看见他们的那一刻，我却第一个被打倒了。勉强稳定情绪，心下暗暗告诉自己，当记者这么多年，啥场面没见过，啥委屈没受过，啥尴尬事没有经历过？这算啥，调整后，我在距离他们只有十米远的地方，我还会像往常一样照看他们，我还会像以前一样尽我所能地帮助他们。

忍住了眼泪，站定，给大家讲话。可是一张口，泪水又不争气地涌出来，再次模糊了视线。我站在这里给大家讲过很多次话，讲片子，讲文稿结构，讲画面剪辑，讲采访技巧，讲纪律讲安全……可是，这一次开口道别，却是如此艰难。快九年了，和大家结成的生死情谊让我实在不舍。

《〈都市热线〉和你在一起》火热的签售场面

2014《都市热线》栏目组全家福

很无助，想逃离，远离这一切。可是，理智告诉我，这又算什么呢？人生本身就是苦的，逃离就不会面对这些生存的挑战了吗？我想起儿子上幼儿园时的场景，他不想去，哭着对我说："娃娃乖，娃娃不上幼儿园。"此刻的我，和那时的小儿多像啊！

于是再次站定，让自己目光直视前方，不忍再去看那些个满脸泪光的兄弟姐妹。

我舍不得大家。这是我说的第一句话。

我还设想着和大家过十周年呢。这些年，我一直告诉自己，努力、努力。只有努力，才能让我们这个栏目越办越好。可如今，栏目真的越来越好，我却要离开了。

停顿一下，我又看看同事们热切的目光。

我相信大家都是理智的人，这些年什么样的大风大浪我们都经历过了，所以，我们的团队应该是最成熟的。再说，这样的困难和以前比都不算啥。一切都会过去的，我们也会渡过这个难关。所以，我请大家镇定，原来干啥，今天继续。把自己手头上的活干好，不出差错，就是对我离开最好的送别礼

2014 年的"3·15"晚会

物。有我没我一个样，因为我们的团队战无不胜。

再说了，我就在离大家不远的地方看着大家继续乘风破浪，看着大家继续所向无敌。你们对我的好，我记在心里。也请你们牢记，只有这里，才是我最坚强的壁垒。最后，祝福《热线》，祝福各位。

掌声在办公室里回荡。感觉有点生离死别的味道……

我离开了，没有回头，偌大的办公室瞬间感觉空荡荡的，在我身后……

相识八年，您是良师，是益友，更如父辈。我们从400走到七楼，从十人作战小分队发展到四十人的队伍，夹缝中求生存，孤立中壮大，自立自强自创，如今却要分开，虽一墙之隔却如抽丝般虚脱。主心骨没了，巨大的空虚和惶恐不可避免地占据了一切。只愿前方没有暴风和恶浪，只愿吉星爱护着我们！

T

张老师，记得2010年元旦，咱们俩去法门寺，您跟我说了如何历尽波折才当上记者。如今细细想来，有句话与您共勉：不忘初心，方得始终。

从您身上学到了很多，不仅仅是业务，还有公心、做人。有句话说得好，今天的离别是为了明天的相聚，您永远是我信赖的大哥。哭着离开，不如笑着作别。让我们把泪水留在心底，人生贵在心相知。

W

　　张老师，今天一天心里特别特别的空，我不是一个善于表达情感的人，当着您的面我也许什么也说不出来。但我要真心地感谢您这么多年以来对我的肯定和照顾，早上知道这个消息后确实很难接受，虽然这是我们无力改变的事实！开会时，尽管强忍但还是忍不住流泪，因为是真的不舍。衷心感谢您！！！也希望您在《快报》顺心顺利，《快报》的工作时间特别长，压力也大，希望您照顾好身体，也能照顾好家庭！

Y

就这样吧，心怀感恩。让我安静地离开……

2014 年 11 月 24 日

我还是没想通

国庆节当天，陪着妻在转家具市场。

这一天，对我来说是一种奢望，是多少年难得一遇的休息。因为上一个班结束，下一个班还没有开始。

下午无意中翻了一下微信，我仿佛被电击中，傻子一样地站在那里，半天无语。我血压高，已经有好些年了，妻看我这样子，还以为我身体出了啥状况，赶紧问我："血压高？"我还是默然无以应，她有点急了，提高嗓门问："咋了？"

"力闻不在了。"我从牙缝里挤出来几个字。"天哪，他多大？"妻惊问。

"比我大两岁。"

之后是长久地沉默。

再次低头看微信，便是刷屏一样的祭奠。大多是电视台、电台的同事。还有一位是杨涛同学发来的，他说力闻是他大学的辅导员。那是 1990 年，力闻只有二十一岁。

1998 年，他进入了电台做主持人。后

力闻（1969—2015）

来主持《长安夜话》，一个以谈心和为听众排解烦恼的栏目。自此，他成了心理学家，成了优秀新闻工作者和全国劳模。

他在事业上是优秀的，可他的为人却一直低调甚至谦卑。很多同事回忆，他见人，总是憨厚地微笑着，让人感觉亲切温暖。除此之外，他还会带着他招牌性的招手动作，很真诚。前天下午，我从外往回走，还和他见面打招呼，互致问候。他穿了件黄色的 T 恤，很醒目。其实，我一直渴望和他再进行一次正式或非正式的聊天。作为记者，我很想问问他是如何排遣内心一些观众倾倒而出的负面情绪的？最近的一年时间，我因为工作调整，每天晚上回家都很晚。回家的路上，我常常把收音机调到他的栏目，听听他如何给不幸的观众排解心中的忧烦。然而世界太大，人心很小，许多人的悲伤与不幸无法绕开他所处的环境。他也有解不开的难题，让人不忍而闻的悲哀。有些事我听不下去，抬手关了收音机，专心赶路。黑暗中的我常常会长吁一口气，感叹我还好好的，力闻挺可怜，他无法逃避。

多年前的 11 月 8 日，我们在庆祝记者节。有这样的节日对我们来说只是一个让人不要遗忘的符号，实际上是没有任何意义的。那天我在 400 演播室做导演。力闻是我的热线人物，那天开场前后我俩第一次聊天。我们聊到了他们新闻广播的张诚。那个时候张诚因为心梗被抢救过来，却不幸成了植物人。力闻告诉我，张诚身上所有的疾病他都有。甚至有一次，他心脏病发作，在演播室里昏厥了十多分钟，才慢慢自己缓过来。那一次演播处于失控状态，非常可怕。

还好他扛过来了，我想，祝福他。可是，我咋没想过这样的事还会发生呢？前些天，他还告诉朋友，这个冬天他将非常难熬，但他很乐观，和他的身体一样，身宽体胖。

同事也曾经问过他，为啥不减肥呢？他笑笑，他的播音都是半夜，不吃饭会没有力气。马无夜草不肥，他的胖也就自然而然，我们也都习惯了。

谁能想到，悲剧还是发生了。想互致问候，已成空谷。

看了很多朋友的微信留言，什么长安从此无夜话。我笑笑，那是大家对他的敬仰。苦逼的媒体人，不要奢望某一档栏目因为我们怎么样，那是不可能的。《夜话》还是好好的，优秀的人物会同样地涌出来。人们是很容易遗忘的，他们更关心的只是自己，而力闻，这道理我们都懂得，你也知道。曾经，是曾经，我看老台长张书省先生写的一篇文章，在纪念他的好友、张诚的父亲，叫什么我想不起来了。那也是一位优秀的主持人，张台写他的时候，那也是一种敬重的情愫。可是，这个人是谁呢？前辈四十岁的时候，心梗离世，他儿子四十岁的时候，成了植物人。如今，有谁又记得那个人是谁呢？

没有几个人关注这样的一个群体，他们顶着重重的压力在工作。起早贪黑，还不能有一点的失误。一些有心人做了一个小小的统计，不到十年间，我们大院的同事先后有十多人因为各种疾病和意外离开。这些年，每位同事都是凭着自己的执着和良知在做事。当然，也会有这样那样的失误，会被公众无限地放大，光鲜事业的背后，是无尽的悲哀和伤感。

力闻，我今天看到了一些照片，是听众在殡仪馆送你最后一程。我没有去，我不忍心看那种离别的场面，请原谅。但是，我不能抑制自己不去想我们一起在大院里工作的场景。在这样的时代和这样竞争残酷的环境里，我们正昂着头迎接广电行业最严酷的冬天。你却自顾自地离开了，你是一面旗帜啊。你要知道，和你这么优秀的人做同事是多么幸运的事。你现在扎进了另一个世界，留下遗憾的我们，在无助地听秋风四起，看落叶飘零……

到今天，我还是没有想通你突然离去留给我的惊愕。我还是想着会和你在这个大院里不期而遇，看见你温暖的笑容。夜晚回家，我还想再听听你的声音，可是，你却如此决绝地走了。

今晚，我在广电大院十楼。窗外车水马龙，我站起身，向东南方眺望。我还是没有想通，你的匆匆离去。

2015 年 10 月 4 日

| 点水蜻蜓款款飞

西安环城南路护城河 2014 年岁末

今天，是 2014 年的最后一天。

不当班，早早告假回了家。

睡了一觉起来，躺在儿子的小床上，望着窗外发呆。全家所有的房子，就这里最暖和。可是，小子嫌床小，搬去了书房住。

这样在夕阳下睡觉的日子，对忙碌了一年的我来说，太难得。明天，又将开始一年的新征程。所以，暂且享用这快乐、安静的午后。

年初，为我们节目组八周年的新书在忙碌，一会儿联系出版社，一会儿联系印刷厂，一会儿联系财务给人付款。那个干冷的年初和大家热火朝天搬书的场面，至今还清晰地停留在我的脑海里。大家下班每人把自己的名字写够一千遍，办公室里成了工厂的车间，书本在办公桌前转来转去，到处都是快乐的声音，洋溢着收获的喜悦。然后是带着主持人们跑书店，到处都是拥挤的人群和大家渴望的目光。

3 月，我们安安静静地办我们的"3·15"晚会，联手工商、质监、食药监、公安四大部门，和腾讯、优酷、西部网还有我们频道的 APP。低调办节目，可节目响声很大，这一届"3·15"，是历届规模最大的一届。这一届也是组织最严密的一届。由于组织严密，安排有序，录制那天，我甚至从监看区跑到阳台上透了透气。

4 月初，我们帮农民卖滞销的菠菜，在阳光灿烂的蓝田原上。也是从这个时候起，给观众修电脑的活动，每个周末都展开。紧接着筹划五一特别节目，时间短、任务重，我们依旧啃下了硬骨头。

5 月，经历了十二个月的漫长等待，我的新书《正行》出版。老婆说，跟生孩子一样艰难。是啊，这中间的过程和我们的新书《和你在一起》比起来，那是何其难呀。人常说，单位的事好办，个人的事难办。体会太深刻了，我至今都能记得那一个个在办公室里校对的夜晚。好在，这一切是如此值得。

6 月，我们全力打造我们的特训营。想把这样的活动办成名牌。七八月，我们的少年暑期特训营如火如荼，整个西安城里都是孩子们参加特训营的画面和各色的广告宣传。

9 月，特训营在美丽的翠华山脚下圆满收官。热线的全体人员迎接我们的亢主播从丝绸之路的报道中胜利归来。那天下午，女同学们围成圈，和大民同学玩杀人游戏；男同学们围成圈，在一起踢球玩斗猴。

那晚和大家喝了些酒，微醺。

后来，很多个日子，我仍会回忆这一切。2014，我原以为我会牢牢把握它脉搏的一年。

10 月，我冒着大雨去了河南郏县的坡公墓。这是我多年来有着强烈的愿望想要去的地方，然后，又循着先生的足迹去了美丽的西子湖畔。郏字把耳朵挪过来就是一个"陕"字，多奇妙啊。

回到西安，我想着从那时起到过年，我们都将是全力冲刺收视率，大家安心做节目。做年终报道、九周年回顾。然后，我们将开始筹划我们 2015 的"3·15"晚会。我计划，明年，热线要做"疯狂陕西话"，寻找小大民、小小民……

可是，我猜到了开头，却没能猜得到结尾。就在我还梦想和我的团队冲刺 2015 的时候，大家都在，我却意外地离开了。

不说再见，是不可能的。我为之奋斗了八年多的地方，倾注了我大量的心血。要离开，几乎抽空了我的心，瞬间感觉自己站在了悬崖之巅。如此决绝地离开，让我想起了七十年前无名氏在华山之巅的呼号。那天我流泪了，孩子们流泪了，之后每每想起那天来，仍旧有泪光在心头闪动。可是，现实不容我怀念，必须去迎接新挑战。

不是一件事发生，是好几件事一起来了。这一年年末，我搬了家。年初在西大新村，年末又来到了桃园新村。

仿佛和 2014 切割。

朋友弹冠相庆，说祝你高升！乔迁新居！你这是双喜临门呀！我苦笑，所谓高升，是平级调动；搬新家，的确是。可房子是租别人的，还掏了大价钱。哈哈，权当一笑，朋友说双喜就是双喜吧。

离开了团队，我又开始了一段很艰难的时光。说不难是不可能的，我认了。命里是我的，我也不会退缩。我很坦然地去管理一个新的团队，让所有人都朝向一个新的目标奋进。好在，我仍旧会回到我的旧办公室里小睡，还会继续和我的孩子们聊天。他们也时常跑到我的办公室来和我说说心里话。一切在慢慢恢复，伤口也在慢慢愈合。

就这样，不知不觉，我又站在了 2014 的最后一页。抓不住，这一年会渐渐泛黄，藏进我的记忆中。这一年，很值得纪念，因为它对我的人生有新的昭示。今天，就当是做一个书签，夹起来保存在岁月里。

窗外的阳光变得惨白，感觉更冷了。这是一年中最冷的时候，北半球的人们在严寒中迎来新年。此时此刻，我躲在窗户里，温暖如春。看窗外的寒冷和匆匆忙忙的人们，感觉像是在疗伤，又像是小动物刚刚躲过了一次追杀，躲在暂时安全的地方苟延残喘、暗自庆幸。

前天早晨，我从梦中醒来，一句话脱口而出，人生，多像蜻蜓点水啊。你从事的人和事，你的吃穿住行，包括人生，都是在点水。八年，对我来说，也是一个点水的过程，你说它长，它的确长，可是，和地球的历史相比，我们又何尝不是恒河沙粒呢？

我们所从事的职业、接触到的人、去过的场景、经历过的生老病死，是一次次大点水中的小点水。到头来，不留一点痕迹地离开这个世界，就仿佛恐龙时代之后，地球上难留一点足迹。所以，我们的眼泪，和蚂蚁的眼泪又有什么区别呢？

坡公说，人生到处知何似，应似飞鸿踏雪泥。我觉得他的表述没有我的蜻蜓准确。飞鸿是会遇到各种场景的，遇到雪泥都难，有的甚至连雪泥都不会遇到。而蜻蜓是为点水而生的，它需要动力，它来到世间也是为了体验和感受。飞鸿还有足迹，蜻蜓点水之后，是不着一丝痕迹的……

可是，点水的蜻蜓是知道的，它的感受也是别人无法替代的。在我看来，那是一种自身的幸福和满足。尽管在外人看来是如此寒碜，甚至不足挂齿。就像饿了好久的小动物刚刚获得的哪怕是一小口的食物，沙漠中行走了很久的骆驼刚刚喝上的第一口水，那是梦想实现的时刻。对蜻蜓来说，它点了甘泉，是绝大的幸福；它点了污水，痛苦自己承担。外界是冷漠的，它不管你是幸福还是痛苦，物质世界的大轮盘始终不变地转着，拒绝所有的情感。所以，拿我们的命和这个庞大的宇宙比，我们不值得一提。但当生命大轮盘转动起来，又可以让整个宇宙瞠目。那也是我们有情感的动物惊叹，宇宙灭亡，谁又会同情我们呢？所以，保罗·萨特说，存在先于本质，没有了生命的感知，再美的世界对我们又有什么意义呢？

点水的蜻蜓呀，你是那样的渺小，不为人所关注；点水的蜻蜓呀，水面丝毫不会留下你的足迹。可是，我知道，你是刚刚体验到了一种幸福满足，或是痛苦不堪的经历。我想，不管是怎样的欢乐或痛苦，我们都得调整好我们的飞行姿态，诗圣杜甫说点水蜻蜓款款飞，我想这也是对人生的一种提示吧，不管我们经历的长短，这都是我们的人生。点水的瞬间，是在播种后代，也是在预示未来，可是，不论如何，那一季短暂的生命，容不得我们有漫长的思考就要结束了。所以，款款飞翔的蜻蜓也告诉我们，无论面对怎样的幸福和挫折，款款都是一种态度。

今天，留一点时间给自己，给这一年里一起幸福走过的人们——我热线的兄弟姐妹，这是我这一个多月来最想给你们说的话。没有永恒，我们接受现实，勇敢迎接新的挑战。

今天，是 2014 的岁末，就让我以这样的如蜻蜓点水后款款的飞行姿态，来迎接全新的 2015 吧！

2014 年 12 月 31 日西大桃园校区

2015 新的起点

我们都要这样过

2014 年 11 月，我被委派去我们单位最优秀的一个栏目《都市快报》工作，这个栏目在全中国也是响当当，进前五都没有任何问题。当然，光环的背后必须是艰辛的付出。每天早上 7 点出发去单位，晚上 11 点多才能回家。这样的工作状态持续了快一年时间，并且还在持续当中。

接活之初是冬天，每天出门前我都会在二十楼的阳台上站一会儿，看看外面的夜景。疲倦是自下而上的，我奢望能多睡一下。于是我得早早出门，可以在办公室的

早晨出发前在等电梯

沙发上小憩。晚一点出门，很多时间就堵在了路上。工作的艰难可想而知，大家不了解我，我也不了解大家。所有制度的制定和执行等同于翻篇。由于互不知情，出现了无言的抵制。抵制是自下而上的，团体的对抗。制片人团队人人都经历着内心的煎熬，晚上直播没有片子，看时间一分一秒地过去。紧接着出像记者考核，出像记者也开始对抗，按下葫芦起了瓢。只能一座山

头一座山头地攻克。

　　说句实在话，这是一个特别优秀的团队，人人都有自己的特色和绝活，好多年轻人的创造力和在制作上所迸发的智慧的火花是灼人的。当然，把这样的个个身怀绝技的年轻人凝聚在一起，也是登峰造极。

　　起初的三个月，有人满怀好心地告诉我，增长不明显嘛。其内心的读白也是极清晰的。我笑笑，没接话。爹老教育我，学会沉默，不争论也是一种态度。

2016《快报》全家福

　　我在《热线》的同事们还会在楼道与我遇见。他们给我最大的鼓励就是很响亮地和我打个招呼，我回原办公室睡觉的时候，他们会悄悄帮我关了灯，或是给我身上披件衣服。感觉是生离死别的痛和隔水相望的无助。那一阵子，我也常常会流泪，老部下聚拢在审片室问我，趴在我膝头，而我，却是如此无力。

　　硬着头皮也得回身死扛。

　　三个月后，我们的栏目开始出现了井喷式的回升。频道连下十一个喜报，一个月份收视全红，就连收视低迷的周末也遥遥领先。栏目组的工分开始变得很值钱，只要你干活，努力的成绩是相当可观的。慢慢地，主动干活的人多了，年轻人异军突起。老同志感受到了重重的压力。

栏目组走下坡路的时候，大家走在楼道都灰溜溜的。现如今，在电梯里，大家都扬眉吐气，一份份喜报让同志们脸上也有了光彩。抢选题，争活干，有想法有创意就奖励，每个星期发不出去的片子积压了一大堆，常常拿来接济兄弟栏目。再后来，派出去的活只发好片子，片子一般的就收起来不发了。能上线播发都成了大家努力的方向。

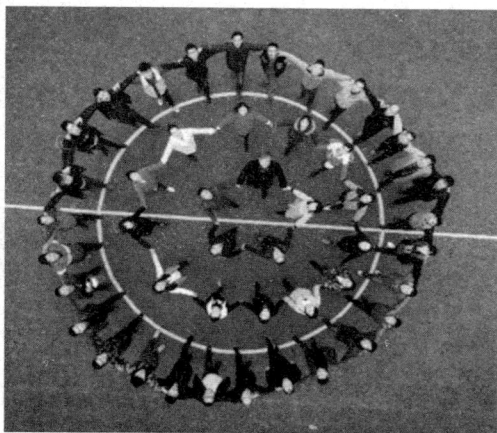

2016 年末 整装再出发

领导送了我一张行军床，我一直没时间用，还经常回我们老办公室去。我感觉睡在那里很踏实。后来，我们的办公室里空无一人，我就回来午睡了。中午有人来，也悄悄的，大家好像也习惯了我的作息时间，中午时分也不太打电话了。生活仿佛又进入了另一个轨道。

2014 年 11 月之前，我见了活佛，拜了坡公，从他坟前折了一棵草，幻想着这一年会很顺遂。后来，我曾抱怨过坡公，你咋回事，不看你日子还很顺，看了你倒一团糟。现在我想，他老人家一定是含着坏笑在看我吃苦，想看看我能不能搬动这块大石头。

人常说，过去的年景好说。的确是，当一切风平浪静，回首去看走过的路，也无风雨也无晴。可是，这样的心情也只能给翻过这一页的人。

早上，我又站在了二十楼等电梯。快一年了，心情也悄悄地发生着变化，我也变得更加平和、冷静。不管经历什么样的苦痛，这都是我们的人生。苦与甜，我们都要亲身经历和品尝。没有什么大不了的，活在这个世上，就得这么过。

所以，放低姿态，平和心情，安静地迎接这人世间的喜与悲吧。

163

讲　真

　　我到现在都记忆犹新，那是 1981 年，和父亲住在长安一中。那个时候喜欢翻看学校订阅的《西安晚报》，报纸上有个很有名的栏目叫《钟楼下》，写一些民间百态，好人好事，曝光一些假丑恶，反映老百姓家长里短，属于早期的民间舆论场，很受读者欢迎。后来，时代变迁，有了自媒体，晚报一不留神，这个很珍贵的《钟楼下》竟被我的好朋友马放抢注了，从此，他利用这个号发布他眼中的西安百态，很可贵的是他的文笔，亲切、生动，有生活气息。我们老领导夸他的文字有温度，有烟火气。甫一面世就受到了圈内外朋友的关注与推崇。

　　从 2017 年开始，每到年末，他都组织朋友回顾刚刚过去的这一年，讲述自己的难忘经历和生命历程中的感悟。他的这一自发行动，得到了越来越多朋友的支持和参与，成了一个很有意思的文化现象。

　　这些年，我也参与其中，写了一些感悟，现在收集起来看，还蛮有意思。

　　这一年，记忆中最美的是秋天枯黄的落叶，五彩斑斓。遗憾的是，竟没有等来一天蓝天。我怀念这一个让人遗憾的 2017 年的秋天，人生和落叶一样，只要绚烂，何惧没有蓝天？！

——2017 年 12 月

2017 小伙伴

　　这是一个婆娑的世界，婆娑即遗憾。人生没有遗憾，就不会珍惜幸福。2018 年，我们生命当中一个很难忘的节点，这是人生经历的一段延续，又是留给未来的一大奢望。有人说，往往生命中最重要的年份，看上去都过得十分普通，只有多年后回首望去，才觉得十分珍贵。希望这一年的努力，成为不断变换的未来的一个深深的怀念。

　　我们渐渐老去，只有现在的现在，是我们这一生中最年轻的时刻。

——2018 年 12 月

2019 年，是我的本命年。

这一年过得磕磕绊绊，连滚带爬。

不久前，我的一位退休了的老领导告诉我，人生就像看风景，你不到一定的年岁，那样的风景你是看不到的。

这一年，在经受了一系列沉重打击之后，发现真如老领导所说，本命年的风景五味杂陈，苦涩难咽，很难有勇气转回头看。

这一年我发现，自己曾经的感受是多么的弱不禁风。就连"感同身受"都不是个一般的词，你没有痛切过，何来身受？

想起年少时笑曹操潼关战马超，大败而归，割须弃袍，狼狈至极，还四次笑着点评马超的战术；赤壁之战，华容道差点被活捉，脱险后仍乐观逍遥。

回看这一年的风景，忽然懂了曹操……

——2019 年 12 月

马老师又来催收作业了。

这是每年寒冬里我们最暖心的一个活动，搞了好多年，我是马老师的忠实粉丝和活动的积极参与者。打入职，每年都过得太过匆忙，很难有放慢脚步的时候，每每路过马老师的《钟楼下》，都会驻足，让自己的身与心都静下来。这也算是一种心灵的交流和与自己的对话，写给自己，也希望能给大家有所帮助。

这两年，我时常会想起两个人。一个是我的那个成了植物人的好朋友，我害怕知道又特别想知道他怎么样了，但从不敢问别人；另一个是几年前，我们在交大一附院采访的一位高位截瘫患者，他是安康人，在外打工，过年回家开蹦蹦车，拉了五个人，在山路上车侧翻了，死了三人，伤了三人。死者里有他的妻子，他是高位截瘫，孩子才十二岁。采访的时候，同病房的患者家属都在努力照顾这个男子和他的孩子。

这是一个无解的难题。估计老天在为难他们的时候，也会难过落泪。

好几年过去了，这家人现在怎么样了？我同样不敢问。

2009 年 12 月 31 日那天，我从东北零下三十一摄氏度的极寒地飞回西安，当天又开车马不停蹄地赶去法门寺我们的祈福地。那天太累，开车走高速时不断迷糊。为防止出意外，只好把车窗打开，让寒冷刺激我清醒些。那天东北的极寒和西安的冷让我记忆深刻。同样记忆深刻的是法门寺的温暖。佛门岁末的世界寂静，平安、吉祥，那天坐在寺庙大厅，来自周围的安静和温暖让我终生难忘。

我们是一群赶路的人，每个人在自己的人生道路上感受自己的酸甜苦辣、喜怒哀乐。年份不同，心境也不同。我们盼望自己好，朋友好，周围都好。可是，世界是不完美的，我们在赶路的同时还要解决一个又一个的人生难题。

可是，有些问题好解，有些难题又特别难，像我刚才表述的无解的难。

只是，难题再难，日子还得过，就连跨不过去的坎，时间车轮也不会放过。武侠小说里常说，等世界太平了，寻一方山林，平静地过自己的小日子。可是，这样平静的小日子在哪里？

不敢问的过往，不断遐想的幸福的小日子，是平行存在的。仿佛我们这些赶路的人，在各自的人生道路上，我知道你是谁，我不知道你是谁，不重要。重要的是，平行的世界里，大家各自安好！

——2020 年 12 月

如果你没有偶像，埃隆·马斯克就是你的首选

埃隆·马斯克

如果你只知道一个伟大的乔布斯，今天，请你记住，一个人的名字叫埃隆·马斯克。有评价说，马斯克是个把世界远远甩在身后的人。他有什么本事，能被称赞得比乔布斯都伟大？私人发射火箭你敢想吗？世界上有能力发射火箭的，有美国、俄国和中国，还有，埃隆·马斯克。

马斯克率领五百人团队，完成了私人公司发射火箭的壮举。他是受上帝眷顾的那个人吗？不是。

有了发射火箭的想法后，2006 年、2007 年、2008 年，他的猎鹰一号火箭连续三次发射失败。烧光了马斯克投入的所有的钱，这些钱，是他自己一笔笔挣来、一点点积累的。没有人会随随便便成功，马斯科也不例外。

现在，请让我从头来讲这个传奇的人物。

1971 年，马斯克出生于南非首都比勒陀利亚。上小学时起，他就每天要看十小时两本不同的书籍，不到四年级就开始阅读大英百科全书。

1981 年，十岁的马斯克就拥有了自己的第一台电脑，并且学会了软件

编程。

1983 年，十二岁的他成功设计出一个名叫"Blastar"的游戏，并为这款商业软件开出了五百美元的价格。

1995 年，二十四岁的埃隆·马斯克与弟弟金博尔·马斯克创办了 Zip2 公司。四年后，美国电脑制造商康柏公司收购了 Zip2 公司，二十八岁的埃隆·马斯克获利二千二百万美元。

2000 年，埃隆·马斯克创办网上支付公司 PayPal，两年后，全球最大的网商公司易贝（eBay）花费十五亿美元收购 PayPal，埃隆·马斯克获利一点六五亿美元。

那是 2002 年，也就在那一年，埃隆·马斯成立了太空探索公司（Space X），开始研究如何降低火箭发射成本，并计划在未来实现火星移民，打造人类真正的太空文明。

研究火箭让人生一直很顺的马斯克，迎来了人生最艰难的一段时光。他卖掉了房子，住进酒店。一起卖掉的，还有他的私人飞机，以及麦克拉伦 F2 跑车。

2008 年，圣诞节前，最后一轮融资失败，马斯科的精神几近崩溃。

火箭回收平台（我依然爱你）

猎鹰重型火箭发射

那几年，他迎接的是全世界的质疑和抨击。

登月英雄阿姆斯特朗和塞尔南公开指责这个太空项目无法成功，塞尔南称他的团队为庸人的瘟疫组织；华尔街将他的特斯拉公司列为最不可能成功的企业；社会名流称他的新能源汽车不可能满足消费者的需求；股票分析师说马斯克的股票全部都会打水漂；"汽车真相"网站还开设了"特斯拉死亡倒计时"栏目，组织网友们看笑话；甚至连当时的总统候选人都站出来公开反对政府借钱给特斯拉公司……

回忆这段历史，马斯克眼含热泪。他说，你自小仰慕的人也可能使你失望。

绝处逢生。

2008年9月28日，猎鹰一号第四次发射成功。

也就在当天夜里，马斯克接到通知，Space X 从美国航天局 NASA 拿到了十六亿美元的订单，他活了。

也就在那一年，他的特斯拉电动跑车在两周的时间内卖出了三千辆，这一业绩引起了全世界汽车制造商的恐慌，各大汽车公司忽然发现，自己已被甩出很远。

2010年12月8日，Space X 研发的猎鹰九号火箭成功将"龙飞船"发射

马斯克计划在火星退休

到地球轨道，这是全球有史以来首次由私人企业发射到太空，并能顺利折返的飞船，整个宇航界为之震动。

接受采访时，马斯克骄傲地说，他偿还了政府全部的贷款和利息，还给这些投资者们分发了两千万的花红。

让我们来看看马斯克所涉足的领域：互联网、再生能源、太空。

2000 年，埃隆·马斯克打造出了世界上最大的网络支付平台，四年以后，中国才有类似的雏形。

埃隆·马斯克是 Space X、特斯拉汽车及 PayPal 三家公司的创始人。

他努力的方向，深刻影响着人类的未来。

2016 年 12 月，马斯科成立了 The Boring Company ，用于解决地面拥堵问题。

根据马斯克的设想，他将在地面上安装使汽车暂停的"托盘"，汽车停好后，托盘会下降到地底，将车子在地底隧道间快速运输，最快时速甚至达到 二百公里。

2017 年初，他宣布计划制造一个更大的火箭，为 2022 年开始实施火星移民计划做准备。他也承认，这一时间表堪称"雄心壮志"。该项目的代号为"超大型火箭"(BFR)。

2018 年 2 月 6 日下午，Space X 成功发射了全球最大运载火箭——重型猎鹰。这次发射的重型猎鹰火箭箭体高达二十层楼，可搭载约六十三吨多的货物。此次的发射中，火箭搭载了马斯克的座驾，一辆樱桃红色的 Tesla

Roadster 跑车，这辆跑车也成为第一辆进入太空的汽车。

2017 年 12 月 4 日，马斯克入选《彭博商业周刊》2017 年度全球前五十名最具影响力人物。

那一年 8 月，2017 福布斯全球科技界前一百富豪榜名单出炉，埃隆·马斯克排名第十二位。

2018 年 5 月，马斯克宣布，将在中国投资建厂，中国人也能买到便宜的特斯拉新能源汽车。

如今，特斯拉成立十四年，马斯克掌握特斯拉也有十三年了，特斯拉成为世界新能源汽车的代名词，市场认同了马斯克的理想，自 2010 年在美国纳斯达克上市以来，特斯拉给早期股东带来了百分之一千的回报。

人们评价他：埃隆·马斯科是这个时代最闪耀的名字之一。

不论你在什么行业，爱你所做的事情。

要退缩的时候想一想，自己要做的事，比发射火箭都难吗？

再见 赵先阳先生

赵先阳老师

"先阳不在了，明天上午举行告别仪式。"

告别仪式是 2019 年 7 月 25 日中午 12 点 15 分，收到的杨艳同学的微信消息。

很震惊，半天回不过神来。

手有些抖，赶紧问艳儿，啥病？

回复了一长串的文字，是台里召集大家给先阳献血。说是手术后忽然莫名大出血，找不到出血点，最后凝血系统崩溃，无法挽回……

端坐良久，无语。心中默念，师傅走好！师傅走好！

二十多年前，我刚涉足电视行业，先阳老师带过我，我一直认他为师傅。

按照艳儿的指示，我起了个大早赶去殡仪馆，先阳老师的告别仪式在上善亭。心下暗想，这个名字取得真好，上善若水，语出老子《道德经》，人生的道，也如同这流水，我们人从水中来，也化身于这水中。

流 金 岁 月　1995.3.18-2003.3.

西安电视二台新闻部全家福（二排左二为赵先阳）

26 日那天按高德地图的指示，走了一条新路，横跨神禾原少陵原，沿途庄稼长势正旺，满眼的绿色与金色阳光，想着我师傅已化身在这明媚的光影里，心下也稍稍有些许的安慰。

记得多年前，很惊讶先阳这个名字，为什么要这么叫？先阳老师说，先阳是咸阳的谐音，他是咸阳人。噢，原来这样。老先生给孩子取名字，不管走到哪里，都把乡土刻在他的身上，这是老先生对孩子的期望和对故土的敬意啊！

记得那一年是 1998 年，先阳老师还很年轻，个子挺高，浓眉大眼，标准的帅小伙。刚入行时，我起先是跑前跑后给先阳老师拎贝塔摄像机，听他讲解要了解的内容。到了现场，他就仿佛吕布出征，很严肃认真地，把机器扛在肩上调试，我则手忙脚乱地给他举着白纸，对白平衡。他对我从来都很和善，只要我提问，他都会很认真地给我讲解。在拍摄现场，只要镜头够，他也一定会很放心地把昂贵的机器交给我调试、拍摄。后来我常常回味，我跟先阳老师最大的区别，就是他敢放手，我一直不敢放手，所以一直也没有带出像样的学生。从这一点上说，我个人的成长，先阳老师功不可没。由于好学，我成长得很快，和他最后一次合作，是在高陵拍一个片子，具体内容我已经想不起来了，那个片子从头到尾都是我拍摄和制作的，后来成片请先阳老师看，我能看出来他的不满意，摇镜头没有起幅和落幅，动态镜头太多。那天他耐心地给我讲了很多，后来我一直觉得那天以后，我的工作能力有了质的飞跃，从此单飞，很少再和人合作了。

后来的工作学习，先阳老师对我一直很照顾。记得有一次，我因为工作和别的部门的同志发生误会，对方不依不饶，我张口结舌，理屈词穷。先阳老师在旁边剪片子，随即拍案而起，见义勇为，和人吵了起来，把我挡在了身后。每每想起这个场景，他的直爽与仗义，都让我感恩不已。

忘了告诉大家，我出道的单位叫西安电视二台，就是后来人们常说的那个白鸽台，和先阳老师一个办公室，我们的办公地点起先是在许士庙街，后来搬去了南稍门。我们最快乐的一段时光，就是早上出去采访，中午回来窝在办公室打红桃四，我们的主任偶尔也参加一下。我水平臭，老输老输，先阳老师总是开心地参与其中，有时候耍赖不给钱，先阳老师也乐哈哈地一笑而过。

2003 年，西安三家电视台合并，二台新闻部的同志吃散伙饭，部里请了摄影师给大家照相，我特意和先阳老师照了一张合影。照片里他的宽厚，阳光般的笑脸常常让我心生温暖。

再次看到他阳光般的笑容，却是在定格的缠着黑纱的照片里，他的依旧宽厚的笑，仿佛在和我打招呼。捧着他照片的，应该就是他的儿子赵红肖，不知道是不是这三个字。2001 年春节，我们单位搞团建，当时主持人请了好几个七八岁的小孩现场采访，在你家里，爸爸妈妈谁厉害？其他的小孩，均说妈妈，只有先阳老师的儿子说，是我爸爸。印象深刻。现在，十八年过去了，站在我面前的，已经是一位帅小伙，再难寻找当年的印迹，站在我身边

西安电视二台新闻部同事合影（五排左二为赵先阳）

的，是剑红、张诠、少勇、晓卫一张张饱经沧桑的脸。年轻的印迹，已难觅踪影，我们在岁月里，依然老去，只有先阳老师的笑，仿佛盛放的花，开在这明媚的阳光里。

告别仪式很简单，艳儿来了，龙过老兄也来了，还有志庆、刘凯、马放……我们这些当年的同事，还有现在先阳老师的领导们，人手一朵菊花，站在人群中进行简单的告别。我心情沉重，但很认真地听他的儿子致辞："爸爸是我们家第一个大学生……小时候，我一直觉得爸爸不够爱我，后来才发现，父爱很深沉……爸爸在生病的日子里，还在想着工作……子欲养而亲不待……"眼前的大屏幕里，有一张先阳老师在爬华山时的照片，年轻、头发扎着、朝气蓬勃，看着他的照片，听他儿子在诉说着思念，我的眼睛一次又一次湿润，耳边听到的，是一阵阵的抽泣……

我们依次上去，敬礼、献花，慰问先阳老师的亲人。站在我身边的，是我们那个曾经的团队的战友，没有来的，我们也代表了。那是一个时代，我们都从这个行业最辉煌又沉沦的地方迈过了，岁月的磨砺，只会让我们更坚定；风雨的洗礼，也让我们更像一家人。我们今天站在这里，向先阳老师告别，一路走好！感谢一路走来的扶持，感恩一个时代的逝去，我们在岁月里老去，共同怀念那个一起战斗、充满了温情的时代，在那样的时代里，我们曾努力地、激情地活着……

2019 年 7 月 30 日

其实 我还有好多话想对你们说

今天随表哥表弟回到了西北村。西北村是我的舅家，离开这里差不多是三十年前了。双脚再次踏上这里的土地，往事一幕幕再现眼前，如今我们都人到中年，满目沧桑，两鬓斑白，那个曾经纯真的少年时代已经一去不复返。那个我们离开时的美丽村庄再也找寻不着。

由于正在拆迁，村子里到处都是残砖烂瓦，地上有流水或厚厚的尘土，在瓦砾间穿行，感觉十分的残破、慌乱。这些天因为拆迁补偿的事让两个表哥心力交瘁。由于早年离家，拆迁过程中被人施了手脚，为了钱，曾经的亲人也变得寸土必争、面目可憎。让我想起多年前，本家盖房却只给外公外婆留了间黑屋子，老实巴交的老人忍气吞声，想来就让人悲愤。

我也一直在奔走寻人，为表哥出把力，为了外公外婆与世无争的一生争取回他们该得的部分。舅舅的四个妹妹全部表态他们一分钱都不要，尽管他们中有的人生活也并不宽裕。所以今天，我们四个表兄弟也最亲，这也许能让在天堂的外公外婆感到欣慰吧。

本来想拍张照片，但一直没有勇气把手机拿出来，这也许是我最后一次踏足这里的土地，我想我的身影能否和我少年的身影在某个空间会合。我耳边听到的是表哥的愤怒，脑子里却一直怀念着外公外婆。从黑暗无光的屋子里走出来，外公外婆已经站在了二十年的身后。离开这么多年，原本还有什么话想对你们说，如果你们还在。

眼角有泪，依旧温热。

一个人活得再长再久，也不过是一次匆忙的停留。所幸，你们的辛劳和爱还依旧留在我们心里，时光也一直停留在那个曾经鸟语花香的西北村。外婆头上顶着手帕，腰间夹着洗衣盆，笑盈盈地冲着我们说：我一大早就听到了喜鹊在叫……

表兄弟左起：作者、于延光、王波、闫彦

这个世界 我曾经来过

很多年来，我经常做这样一个梦：梦见自己毕业后，租住在路边的一间民房里。房东是个清瘦的老大爷，他给了我一把钥匙，领我进门。

那个地方在路边，常有大车经过，天总是灰蒙蒙的。

我的行李，就是几个方便面纸箱里的书和一床被褥。后来，我工作忙一直没时间回去，然后心里就一直惦记着，我的那几本书和我的被褥。

好多年没有交房费，房东是不是把我的东西扔了？自然，内心不踏实的，还有久拖没付的房费。

梦会醒，然后就想，我是不是上辈子欠谁的钱？要不怎么老是做这样的梦？在这样的梦里，也总是给人一种不安定感。梦里没有交代，那个房子我还要不要租，我后来又住了哪里，书和被褥让我揪心不下还是房费让我揪心不下？这欠人的总不是个事。梦醒了，想着给人把钱还了，把自己东西拿回来吧，可是，去找谁还钱，又该如何拿回我的东西？

梦醒后，会翻来覆去地想。总感觉那是我的上辈子，一个欠了人钱老没还的穷书生。想给人还又还不起，只好一次次折磨着自己的内心。就仿佛《大话西游》里这样的片段：菩提老祖因为保护至尊宝被白晶晶的师妹杀了。五百年后，至尊宝变身孙悟空，遇到了说书的菩提老祖，挨了菩提老祖三拳，他不仅没怒，还说，就是让他挨三刀也愿意。我想，他的脑海里应该也残存着菩提老祖替他的死。看到这里，我估计好多人都会会心一笑，可是，那是我们知道谜底。菩提老祖是否记得前世，不得而知。但电影里是有交代的，他在纳闷呢，这人为啥被打三拳都毫不在意，还说挨三刀都可以？

弗罗伊德说，很多梦都是童年记忆，或是人生创伤留下的深深恐惧。我想从这个角度讲，似乎还有得一说。刚毕业时一直没有地方住，从北郊搬到东郊，又由东郊搬到南郊，这样连续搬来搬去超过十个地方。直到如今，还没有安定下来。在现实层面，我随遇而安，到哪里都能迅速睡着，从不择地。这也和我搬家多有关系吧。可是，内心深处，还是不习惯这样一种极不安定的感觉，于是，就有了上面的梦。

一切表面上很安静平和的事，在深处却积聚着巨大的潜能，随时可以爆发。所以说，平静是装不来的，脆弱的心只有漫长岁月的历练，条缕伤口一层一层结痂，最后，所有的喧嚣都沉淀，人的安定感和幸福感才会慢慢浮现。

可是，重复的梦也会累积成一种记忆。记忆中的那个老人，还在等着我还钱。我的书本被褥，也在等着我去认领。这些虚拟的不安定感，时时折磨着我，也常常引导着我回到那个熟悉的场景，内心的亏欠与日俱增。

后来和不同的朋友们聊天，倾听他们的烦恼、抱怨，感觉一人之心，千万人之心。大家好像都有类似的感觉。

我就琢磨，现代的生活节奏日益加快，每个人脑子里都装了很多事，有些事画句号放手了，有些还在心里悬而未决，聚积得太多，这怎么看都不像一件好事，毕竟人类的天性是"完形地"来观察世界的。

有这样一个有趣的实验：一张纸上画了三根直线，这三根直线构成了一个近似的并没有完全闭合的三角形，虽然严格来说这并不是一个三角形，只是三根直线罢了，但绝大多数人都会把它看作一个三角形。三角形没有封闭的部分是我们在自己的心里给它封闭完成的，是我们的意识把这三根直线组合成一个成形的三角形的——这就是格式塔心理学所谓的"闭合律"。悬而未决的开放状态会使我们内心紧张，妥帖的闭合状态却会使我们放松下来。因为，放松才是我们的心灵，或者说是大脑，天然就会追求的一种舒适状态，于是，这个纷繁复杂、充斥着各种悬疑问题的现实世界总会被我们想象成一个秩序井然的房间，房间里所有的东西都被某个隐身的田螺姑娘整理得妥妥帖帖。

多元化的世界充满着不确定性，也让我们心中的某种未完成的使命或任务成了纠缠我们内心的乱麻，不仅让人无所适从，还要花费太多的时间和精力来面对一个充斥着不确定性的世界。于是，梦境出现了，梦境里的我们在愈合我们内心的伤口，弥补我们的哀伤。我们就是这样自觉不自觉地将现实世界整理成我们最乐于接受的模样，然后欺骗自己说这就是世界的真相。自然地，前世论就出现了，仿佛我们在前世就有这样那样未了的事，感觉这个世界是那样的熟悉，我们仿佛来过一样。

又见五台山

我们都是上帝的一页书

下班回家晚，喜欢听收音机。

一位女士打电话来，说她的儿子患了重症肌无力，丈夫心情老不好，她也不知道怎么面对眼前的困难，语调低沉，说起生活的不易就痛苦不堪地哭了起来，听不下去，转了台。

农村老太太，在城里当清洁工。儿子受了法，儿媳老是张口要钱，不给钱就不让看孙子。老太太的生活也很拮据。她问主持人她该怎么办？

同样地听不下去。

之后沉默很长时间，我都会安安静静地开车。很累，窗外偶尔会车水马龙，偶尔也会很静。可是，这样的生活就在我身边，你不忍去看，可它就在身边。万家灯火，也有过得幸福的，可是，幸福的人不会打这样的心灵热线。你听到的，都是些悲惨的故事。

打小，我就不喜欢听这些悲惨的故事。岳飞被十二道金牌召回，接下来的命运常常不忍听，尤其到了风波亭一节，更是捂上耳朵。我希望有一天，让我写，我一定会不让他死。

1890 年夏天，凡·高自己割掉了自己的耳朵，举枪朝向了自己的头颅。枪响之后他没有死，还艰难地活了两天。每每想到这两天他的疼痛和呻吟，我就不忍，赶紧让自己的眼睛和思绪逃离，受不了……

　　这样的场景很多，我也不想让那些个不忍看到的场面污染了大家的纯洁心灵。可是，我们还只是一个旁观者，听听而已，仿佛听完别人的故事我们还可以躲在一边庆幸不是自己。可是终将有一天，这样的虱子免不了落在我们头上。于是老人说，虱子没有落到你头上，落到你头上你也会痒。

　　我很喜欢看《月光宝盒》当中这样一个情节：至尊宝喊着般若波罗蜜，在月光宝盒的帮助下，回到他想要的场景中，一遍遍加快步伐想赶在晶晶姑娘自杀前救她。可是，最后一次，他还想回到那个场景，却不小心回到了五百年前。他不得不再次面对另外一种场景。救晶晶姑娘，成了非常遥远的事。这和我们踢足球一样，队友们传切配合，向对方腹地发起进攻，我们都盼望着精彩的配合能直捣对方的黄龙。可是一个小失误，我们不得不面对被对方攻门的窘境。心里想的，却仍是刚才那个进攻的场景。生活往往就和这样的场景一样，你盼望它按你的规则出牌，可是，现实总是如此残酷。

　　她说，那是你只看到了人生的另一面。其实，生活中美好的一面，同样的丰富多彩。幸福的人比痛苦的人还要多，痛苦的人你看得多，是因为他们需要倾诉来缓解自己的痛苦。兴奋了你会喊，极端痛苦的人也会喊。尽管，喊和喊不一样，但对上帝来说，这些都是一样的。

　　痛苦得久了，文先生说，千古艰难唯一死。可是，千古幸福也唯一死。这世上，幸福的人们奢望幸福得久一些，痛苦中的人渴望痛苦过得快一些。没有办法，历史的车轮在时间的催促下不容你有半刻的停留。它不紧不慢，不由你操控。记得爷爷在世时告诉我，死去，时间就一天天长了。只要给时间做个记号，你只会离这一天越来越远。

　　今天早上开车走在路上。打开收音机的时候，赵传苍凉的歌声飘进耳朵：

　　　　我不是沉默的羔羊

　　　　我有话要讲

　　　　给我一点酒

　　　　让我有勇气

向你吐露我的悲伤

这个世界，能愿意并听你讲的人太少了。不同肤色的人，传出不同的声音和呼喊，他们甚至通过各种各样的传播工具，向全世界传递着他们的声音。可是，这一切的一切，千亿个故事，对慈祥的上帝来说，他只是轻轻翻了一下，这一页就被夹在了一本书里。千亿个书架如摄像机一样慢慢拉开，就像探测器远离地球时的回望，地球在浩瀚的宇宙中，比我们看到的星星还要遥远。

海山 海山

生活中，但凡新笔入手，人都习惯先写自己的名字；新的通信工具入手，打出去的第一个电话，往往是给最好的朋友。怎么讲，就是你不怕在他跟前丢丑，他也愿意分享你的快乐与忧伤。在我的朋友当中，海山就是这样一个人，开心与烦恼，他都会陪在你身旁，憨憨地笑，默默地抽烟，偶尔对一下眼，眼神里满是真诚。话不多，就这么长久地坐着，加上更加不爱说话的肖老师，我们常常就这么三个人干坐着，在别人看来很无趣，我们自得其乐。

二十年前，肖老师介绍我和海山认识。那个时候，海山岳父在户县阿姑泉建了个牡丹苑，遍植各色牡丹，想请媒体去宣传宣传。那时的牡丹苑名气不大，种的面积也不大，想宣传就是为了吸引游客，电视上就是播了也不见得会吸引游客。憨厚的海山很聪明，在偌大的秦岭山区办起了槐花节，叫户县槐花节。漫山遍野的槐花，春天一阵风吹过，到处是飘飞如雪般的槐花和弥漫在空气中的香甜。你想想，春天进入莽莽秦岭，何处无槐花？然而媒体一报道，阿姑泉游客蜂拥而至，看槐花，

仝海山

186

顺便赏牡丹，阿姑泉牡丹也随之名扬天下。

聪明吧？典型的借壳上市，我身边的经典商业案例。还有呢，每年春暖花开，邀请美院画牡丹的教授到苑里来写生，现场老师手把手教学生画画；邀请牡丹圣手萧焕来写生，当场拜师学艺，媒体报道萧老师，顺带提升了牡丹苑的品牌影响力；办书展，邀请书画名家来参观，诗坛大师霍松林来了，大家"兰亭"诗会，赋诗唱和，喝牡丹苑自酿的"桂花酒"，意兴勃发，不管多久，憨厚的海山陪侍在侧，大家异口同声，小伙子实在。

没办法，人微言轻，想要办成一件事，很难。农村娃，当过兵，能留到县城工作都特别不容易，还想干一番事业，何其难啊！

海山没经过专业训练，爱好多是半路出家。摄影摄像，学画画，都自学成才。人常说，高手在民间。户县各行各业的高手，可以说是各怀绝技，深藏不露。西泠印社在陕西只有六名会员，郑朝阳大师就赫然在列，在陕西刻印界是人人仰望的角色，大师母亲去世，单去灵堂看看，那些民间高手们的书法作品，就不由得让你心生肃穆，暗暗叫绝。这其实，与户县的历史和文化积淀无法分开。

户县现在改叫鄠邑区了，单从名字看就很古老，上古时期的有扈氏就出自鄠邑。千百年来，这里地灵人杰，三过村是大禹的老家；曲抱村是中国财神爷刘海的故乡；姚秦时期圣僧鸠摩罗什在圭峰山下翻译佛经；祖庵出了个王重阳，他的重阳宫是中国道教全真教的祖庭；明朝著名的文学家王九思从这里走向全国……

外部环境优越，加上海山高人一等的情商，他在这样的环境里如鱼得水。好学，不论是摄影，还是绘画、收藏，他都沉浸其中。

饭可以吃，酒可以喝，感情可以培养，唯独技艺，是文化的积淀、手法上的不断尝试学习和磨炼。首先要沉得下心，耐得住寂寞。写字画画最大的敌人就是内心的毛糙，临笔不能苟，心下提劲，稍有懈怠就功亏一篑。

学艺是一个漫长的过程，海山很勤奋，每天都会画好几个小时，日日不间断。几乎每天，我都会看到他的作品传来，请提意见。说实话，我是个典型的门外汉，狗看星星，实在看不出什么好，大多时候只是凭感觉。常常看他的作品传来，默默地给他的微信下点个赞，再无下文。

搞了二十多年文字工作，对绘画一窍不通，想要给海山当个知音，实在是为难我了。肖老师也是，我俩估计在一个水平。所以，海山的知音，唯他的妻子张晴女士。张晴女士颇有才情，上得厅堂下得厨房，这么多年，唯有她对家庭、丈夫的事业和爱好，给予了全方位的强力支持。我想，所有的动力都来自于肯定，起先海山的牡丹画得很满，很艳，很张扬。后来他深得萧焕老师的指点，注意如何含蓄地展现花王与众不同的气质，无论是构图还是技法，都雍容华贵，与众不同。

上周晚，海山发了几幅作品给我，我当时就很震惊，简直是大师作品，他笔下的牡丹，素雅凝香、丰姿楚楚，生动传神。

士别三日，刮目相看。

海山的成功让人惊叹。

昨晚，我还在给儿子说，这世上的天才，也需要百分之百的努力。你看海山叔叔的画，他得下多大的功夫，才走到这一天啊！这世上没有白来的成功！

不一样的人生，人们的着眼点也不一样。有人惦记着你的事业，有人惦记着你的财富。不过，年近半百，我们更珍视的是友谊和陪伴。

是啊！这么多年，我们一同成长，一同相互鼓励，一同见证着彼此的友谊。生活不易，但岁月静好，相互支持与欣赏，这不正是书本里描述的人生最美好的境界吗？

临了，让我用句话总结：人生于

仝海山老师作品

世上有几个知己？多少友谊能长存，纵使不能见面，说有万里山，隔阻两地遥，不需见面，心中也知晓。

致敬海山先生！

2018 年 5 月 27 日于广电中心

仝海山在创作中

情 感

情感是个很奇妙的东西。喜欢就是喜欢，不喜欢了九头牛都拉不回来。

喜欢一个人，不由你不执着，睡梦里你都会想着那个人。佛说，不要执着。可是，佛没说学佛的时候别执着。很多学佛的人把深奥的佛经背了上万遍，佛也从没说停。

他和她都属大龄，经人介绍一见如故，谈得也不错，互相都觉得遇到了对的人。半年后，男方真诚地到女方家提亲。未承想节外生枝，女方嫂子提出男方要把工资卡交给女方。话不投机，男方心里很不爽，他拒绝继续发展这份感情。

在这之前，两人谈得都很好，没有任何矛盾。但一言不合，就此拜拜了。

目标是两人共同的，一个人不努力放弃了，这事就只能遗憾。

可惜吗？也可惜也不可惜。

可惜的是，两人还有缘分。不可惜的是，缘分尚浅，说断就断。记得很多年前一位老师说过一句话，两口子山盟海誓，好的时候超过所有亲人。一巴掌下去，成为陌路。所以，感觉不好，分就分了，也不可惜。

有人说，有这么绝情的吗？人都是感情动物啊！

男女之情就是这般。好的时候情比金坚，不行了，绝得就像一个杀手。一刀下去，这边还在怔怔地看着伤口，那血还未出来，下刀的人已飘得没了踪影。你怨他绝情吗？从另一个层面讲，这叫真诚，不骗你。不爱就是不爱了，为啥还要死乞白赖地扛着？你不高兴让别人也痛苦，干脆各走各路。

可是，在中国，有多少夫妻能下得去这刀子。开始的时候还挺好的，后来没感觉了，不爱了，可是为了孩子，就这么将就着吧。很多人就这样走过了一生。西方一位哲人说，婚姻就是忍耐。简单而深刻。

我曾经写过一篇文章，说有个姑娘小伙谈得挺好，后来姑娘嫌小伙没钱，分手了。小伙很痛苦。朋友点评说，那是缘分未到。举了个前生给盖衣服和掩埋的例子。这个故事我也听过，曾经深信不疑。现在觉得有问题了，古时候人们交往的有限，受传统的禁锢很深，人们的离婚率很低，用这样的例子给人宽心很有用。现代社会人的交往面很广，离婚率居高不下，仅西安去年一年超过七万对夫妻离异，全球的数据估计更是让人瞠目。你说你是那个上辈子掩埋对方尸体的人，她后来嫁给了好几个人，你说上辈子是谁掩埋的她？还有好几个人拉出来再埋一次吗？

罪过罪过。佛说别执着。

回到起点，你说缘分是什么？简单地说，合适的时间合适的人。马克思

五台胜境

先生说，这是哲学上的必然与偶然。你要找爱的人是必然，你找到你喜欢的某一个人是偶然。一位好事的统计学家经过计算后得出，在这个星球上，适合你交往和结婚的人超过三十三万。

庄子说，弱水三千，我只取一瓢饮。

可是，这一瓢喜欢饮最好，不喜欢饮便倒了。可是人不一样啊，能随便吗？饮了，你说是缘分；离了，也是缘分。反正生命有限，也折腾不了几年，生死也是有缘，就认了吧。

过去心不可得，现在心不可得，未来心不可得。

佛说刹那便是永恒。时间的任何一个点都是不能重复的，任意点就是刹那，不可重复就是永恒。过去的时间是凝固的，你改不了它。未来的时间你可以预计，但那是触摸不到的。那些美好的时刻，可以在心头凝固成为刹那的永恒。那一刻，外表没变，笑容没变，可是，心会变。心变了，没有人能挽回得了。所以，我常觉得，变心实在是个不可捉摸又很可怕的事。但没有办法，这不犯法，你也奈何不了他。流水落花，随他去吧。

有没有那么一首歌？

去年的 5 月，我们毕业了整整二十年的同学，相聚在美丽的翠华山脚下，度过了难忘的两天两夜。不老的是青山绿水、翠华姑娘和我们火热的心。

那一天，我第一次见到了一种叫满天星的花，蓝莹莹地开在翠华山谷，令我印象深刻。印象深刻的还有我们二十年再次重逢的同学们，一个个盛开的笑脸和满怀的赤诚。人到中年，岁月在我们的脸上、身上刻下了不同的印迹。经历过二十年的风雨磨砺，我们又幸福地聚在了一起，仿佛我们二十多年前相聚在一起一样，有说不完的话，唠不完的家常。可是，我知道，我亲爱的同学们，能在此幸福地相聚，是克服了种种困难的。陕北的同学开了很长时间的车；杨战同学则是骑着他的电动车，一路骑行到这里；马先生有事离开，可又返回了这里。不为别的，只为我们曾经一起度过的快乐青春。

那一天早晨，我们在广场上做操，看着大家认真的神情和一张张熟悉而又略显陌生的脸，我一次次热血奔涌，仿佛时光倒流，回到了二十年前。这二十年间，我们的同学在各种不同的场合见过，相互有了解的，有不了解的，有些人则是第一次再见。说起当年的各种往事、笑料和经历，历历在目，比如司南买皮带、马先生买袜子、白先生争奖学金之类的故事都被大家传诵和演绎了很多遍。当然，曾经让自己心动的人也隐藏其间，不为人知的故事就权当青春的记忆，刻在了心里。无须解释，也无须分享，毕竟，年轻的我们只有经历了岁月的磨砺，才会越发珍惜眼前人，越发珍惜我们不能改变的曾经难忘的青春和友谊。

在会议室，大家感叹：再见已是二十年后，一圈一圈的拥抱也不嫌多。就让祝福声一次次在耳边响起，在耳边说说悄悄话，在一起追忆相互之间的美好。我的眼睛一次次湿润，我也看到了一双双湿润的眼睛。

那一年，我和延兵在宿舍旁边的教室学习，更像是抄夹带，偌大的教室只有我们两个人，可是我们还是坐在一张桌子上。他用手敲着不知谁刻在桌子上的字，一字一顿地念给我听：把我真诚的爱，献给温柔的你。曾经的午后，我坐在马先生的床上，把用凭证叠成的纸飞机一只只地抛出窗外。6 月的阳光永远地刻在了我的脑海里，少年时做过的梦、对未来的憧憬，慢慢变成了现实，有美好的，也有痛苦的，如今相聚，又从何说呢？让我再抱抱你吧，毕竟蹚过岁月的河，我们还是幸福地相会了，还好我们都健在，我们还能在一起相聚。

爱足球的我和同样爱足球的王晓燕，再见面变得如此别扭。她的足球经说起来，让我都张口结舌，爱足球爱得如此执着，难哪。谁来挑战一下？

玲玲是个有着金子般心灵的姑娘，那一年，我和王辉去参加她的婚礼。那是因为曾经的一个承诺，我们去了。从延长回西安，玲玲姑娘带着一袋小米守在延安的车站，想送给我们。可是我们的车就没有经过那里，那样的守候让我每每想起来都是如此的温暖。如今再次见到她，大气、成熟，让人眼前一亮。这个有着金子般心灵的姑娘有着美好的归宿，我们都为她而高兴。

同样和金子有关，1994 年，我趴在唐城的柜台上，给王锦莉写过一封信，直到现在我都记得里面的一句话，是金子总会发光。那个时候，大家都刚刚参加工作，要自己养活自己，种种的不适应，种种的考验。现如今，再见王姑娘，她一张嘴我就被打败了：你咋这么老了？你咋心事重重？有啥事放不开，当年你可不是这样子的……本来有很多话想说，到此只能打住，唉……好吧。

高空走钢丝，自家人操心自家人，这里就不点名了，各位对号入座。印象最深刻的，就是姚向茹，勇敢地爬上六米高空，走过了钢丝桥，玩了一把心跳，大赞！这是挑战自我。

那一天，我们满头大汗地做一个小游戏。通过一节节竹板把水从一头运到另一头，方先生一个人拿了两节竹板，跑得比谁都勤；王锐军家的姑娘和白秀文家的小伙也加入了挑战。盆子大，水太少，到头来把乒乓球也浮不起来，大家这个忙活呀……

蒙上眼，大伙儿搀扶着走一程。这世上，有些人陪你走上一程，有些人陪你走更长的路，有些人，则是陪伴着你走一生。那个曾经携手并肩的人，一些转换，你还是你吗？纵再有不舍，也得面对现实。那一刻，被蒙着眼背回会议室的人更有发言权，徐敏后来告诉我，寇渭娟把她背回了会议室，让她大为惊讶和感动。那一天，感恩的泪水在我们心头传递。我们彼此间隐藏的委屈在这里迸发，好强的司南和冯晓伟也泪水纵横。没有人去问这二十年，你是咋过来的，大家都懂，所以，就让人泪水再流一会儿，让自己的心再畅快些。在亲爱的同学们面前，没有什么可丢脸的。

亲爱的同学，你过得怎么样？没我的日子，你别来无恙。依然亲爱的，我没有让你失望，让我亲近你，像亲人一样。那个叫什么的老师的话像催泪弹一样，引得同学们在会议室中个个无法控制自己的感情。这样的场面我见得很多，我原以为我的同学们大风大浪都经过，在这样的场面中会表现得很镇定，可是，随着老师的催泪武器一一亮相，久经沙场的大家竟一个个被击倒。老师之前就悄悄告诉我，这招一个班只能用一次。他对我们这个班也没有把握，连连摇头说，恐怕效果不好。结果，那个场面让我太震惊了。男儿有泪不轻弹，只是未到伤心处。这些年，大家太不容易了，比别人付出了多得多的艰辛，有些人曾经饱尝冷眼，感受过这个社会的翻脸无情，有些人甚至还处在人生的创业阶段。重回这个温暖的大集体，是多么幸福的一件事啊！

"有没有那么一首歌，会让你轻轻跟着和，牵动我们的过去，记忆它不会沉默……"

我的目光再次从同学们亲切的脸上一一扫过，牢记这美好的欢聚时光。没有人告诉我永远有多远，我知道，这一刻我们相互陪伴就是永远的永远。

蓝莹莹的满天星开在幽静的翠华山谷，我们的心也像这满天星一样尽情地绽放。又要说再见了！没有办法，我们还有很长的路要走，我们还有艰巨的人生使命要完成。这一次的分别是为了下一次的再相逢。挥手告别的时候，大家又是满心的祝福。也许我们曾经踏过的这个台阶不够高，没有能让我们轻易得到我们想要的梦想。为此，你也曾有过抱怨，有过不满。可是，没有人能够改变我们曾经的年轻，曾经的灿烂，犹如这蓝莹莹的满天星开在寂寞无人的山谷。好在，我是这山谷中更不为人知的小草，陪在你身边。我们有过曾经，也就会有着我们的哪怕些微希望的未来。你在我身边，真好！

感谢为我们付出的班集体，有你们的努力才促成了我们的再相逢。晓伟、王辉、司南，不计较个人得失，尽可能地为他人着想，冲在这个班集体最前沿。有你们，才牢牢地把大家牵在了一起。我还记得王先生的话，不管咋，这都是过事呢。这种责任感，穿过岁月的时空，把我们兄弟姐妹紧紧地维系在一起，这友谊闪耀着金色的光芒，愈发珍贵。

感谢你们！

同学重聚　开心快乐

最后这首歌，还是由我们的楼道歌王白先生来领唱："有没有那么一首歌，会让你轻轻跟着和……"算了，你还是唱你拿手的《三道关》吧！

啵 啵

啵啵是我家小猫的名字。

2020 年 3 月，还是疫情比较严重的时期，大家都闷在家里出不去。于是妻和我商量，想养一只小猫，给儿子解解闷。

其实我对养猫一直比较抵触。小时候，我家曾经养过两只小猫，结果都不幸吃了老鼠药，一命呜呼。尽管只是个小动物，但毕竟和人有了感情。小猫的死，让人很难过，很长时间难以释怀。

啵啵初进家门

于是相见不如不见，不养动物，也就免了难过。

现在处于疫情的特殊时期，得考虑一下孩子的感受，于是勉强答应了。之所以勉强，是内心一直在告诫自己，一定要与小猫保持距离，对它的生死命运淡然处之。

于是，5 月 25 日，啵啵出现了。银渐层，英国短毛猫。妻子的一个大学同学送她的，对方很热心，还送来了铁丝笼、猫粮和猫砂。

小猫就养在儿子屋的阳台上，可以晒太阳，有花草。阳台地上铺了一块

比较高冷

圆形小地毯，矮茶台，两个懒人沙发。小家伙三个月大，毛茸茸的，对窗帘很好奇，玩个不停，怕生，与我们捉迷藏，刚好可以躲在窗帘后面。

啵啵是个小姑娘，很秀气，典型的高冷，不亲近人，也不叫唤。这些刚好符合我的需求，闲了逗逗它，忙了也顾不上理它，互不干扰。

家里边三个人，它只和妻子亲近，主要是妻子喂它最多，管它的生活。但它的亲近也是有限度的，把它抱在怀里三秒钟它就开始挣扎，不愿意了。儿子基本抓不住，我要抓就经常以迅雷不及掩耳之势，一把把它抓住抱起来，常常逗得娘俩哈哈大笑，批评我太粗暴。啵啵仿佛也不喜欢我这样的突袭行为，只要不幸被抓住，就露出它的獠牙报以颜色，但牙齿攻击毕竟有限，慢慢它有了防备，只要我接近，它就迅速逃离，让我扑个空，又惹得娘俩一番嘲笑。

啵啵很高冷，一般情况下都是自己在玩。有句话叫好奇心害死猫，啵啵也不例外。家里的一小片塑料纸，一根棉棒，一次性的勺子，都是它的玩具，它会像捕食一样给自己设置场景，抓捕现场，如何从左边进攻，如何防止猎物的逃跑，它都在一遍一遍地演练。听到有任何的声响，它都好奇地跑过去仔细聆听、辨别。早晚的时候特别欢实，常常把客厅当成它的操场，跑起来嗒嗒嗒嗒，儿子形容这一刻它像个小马驹一样。它很熟练地跳上客厅或阳台上的椅子，然后快速站定后，像将军一样巡视窗外的景物，圈定自己的地盘，那一瞬很严肃，威严。我暗想，它要是放到野外，一定是只捕鼠能手。

动如脱兔，静如处子。啵啵安静的时候也特别文气，妻子在备课，它就安闲地卧在电脑旁边的打印机上，妻子坐多久，它就陪多久；妻在儿子书房的懒人沙发上读书，它也陪在不远处，逗弄花草、窗帘，要么就是卧在和它皮毛颜色一致的地毯上，和人总是若即若离。它很少叫，我曾以为它是个哑巴，咨询一位朋友，朋友说，宠物养久了就是这，他家猫也很少叫。

啵啵很快就和我们熟悉起来，并且也非常有反抗精神，我俩给它剪爪子，它反抗激烈，和我们捉起迷藏来，根本抓不住，因此我们没有一次成功过。可一旦被送进宠物医院，它就一下子尿得不行，任人摆布，毫不反抗。医生在那里写病历，它拼命藏在人家电脑后面，死活不出来。洗澡时像蜕了皮一样，也不敢把牙齿露出来，简直害怕极了。

住进"豪华别墅"　　　　啵啵喜欢花花草草

不久，专门给啵啵购买的三层别墅高级猫舍送到，我和儿子给它安装了起来，底层是个露天的房间，中间是个小房子，顶层也是个圆形的露台。我们把妻子的衣帽间整理出来，在窗户的位置安放它的大别墅。但它好像只钟情它居住过的儿子的小屋，不喜欢住它的新家。为了培养它的生活规律，我们每天晚上 10 点半左右，就把它请进它的房间。它死活不愿意，跟儿子小时候一样。告诉它要睡觉了，它执拗地偏着头，那眼神就是告诉你，我不睡，我要玩！没有办法，我们只好用逗猫棒一步步把它引过去。啵啵起初以为我们在和它做游戏，左扑右跳，开心得不得了。未承想中途我们快速离去，把

啵啵训练捕食

宝珠初来乍到就占了啵啵的领地

它一个关在了衣帽间。估计它回过味来恨得要死，妻说，也不知道把它关起来它啥表情。有一次，我中途开门去看，发现它正气鼓鼓地卧在它的大别墅的最高层，看见我看它，马上要跳下来，吓得我赶紧关灯关门。再后来，你怎么逗它，它都会开心地陪你玩，但是只要我起身想冲向门边，它就会迅速冲向门外，毫不犹豫，让我们的计划落了空。当然，也免不了被妻儿一番戏谑。没有办法，我只好以肉条为代价，引诱它就范。吃好像能让啵啵忘掉一切，每次喂它肉条，它就放心大口地进食，然后你可以不费吹灰之力，从容关灯关门。每次关门的时候，还能看到它头也不回，忘情地进食……

　　人说猫记仇呢。啵啵也不例外，自从把它关起来，限制它的自由，它就特别抵触，千方百计地跑回儿子的屋里，躲在床下不出来，需要非常手段才能让它就范。后来我们还发现，这小家伙竟然在懒人沙发上撒尿。没办法，需要严肃处理，于是我抓起一只喷花的喷壶，向它喷出水雾，让它知道这是惩罚，每次它犯了错，就拿出喷壶，就能规范它的行为了。谁承想，这家伙竟然极具反抗精神，常常顶风作案，不仅在两个懒人沙发上撒尿，有一次竟然在地毯上撒尿，真熏得我们把这些东西只好扔掉了事。这家伙还不服气，把儿子屋里的皮座椅抓得到处是伤，里边的丝絮都露了出来，真气人哪！

　　没办法，向往自由的人是关不住的，动物也不例外，我们又把它放了出来。现在，啵啵自由了。自打从放出来起，我观察它，除了进食，从不进它的大别墅，晚上睡觉要么是地板，要么是阳台上的椅子、沙发。就是有时候追它，没有地方跑了，它也不肯进去，足见它内心对独居的恐惧。

暑期，疫情慢慢有所缓解。我们安排了几次出游，基本上以三两天为限，最长的一次是我休年假，出去了一个星期，啵啵就一直在家关着。我们给它准备了足够多的猫粮和水，它就在家关着。我们在游玩间隙，总免不了互相在问，你猜，啵啵在干啥呢？潜意识里，对它已经有了牵挂。

游玩七天回来，除了给它清理粪便之外，怎么都找不到它。我们四处呼唤，也不见它的踪影，直到过了十几分钟，才见它快快地从我们的主卧室走出来，怔怔地看着我们，面无表情。这一次时间太久，它一直从日落守到日出，一天又一天，它都在等着我们回来，这是多么漫长的等待啊！这次回来之后，我们发现啵啵与我们疏远了好多，明显抑郁。一个人衣食无忧这样关着都会疯掉，何况一只猫！你觉得你对它好，没有天敌，没有生存危机，可是，它的需求又是什么，我们了解吗？啵啵的父母是谁，它有没有兄弟姐妹？它生下来的时候和它的父母、兄弟姐妹一起待了多久？我们都不知道。也许，它要在这样的房子里孤独终老，连个说话的猫都没有，真是太可怜了。在这个世界上，现在只有我们仨是它最亲的人。

妻子好像悟出点什么。

过了几天，家里多了一位不速之客。一只肥嘟嘟的金渐层，和啵啵一样，都是英短，金色毛发。妻说它叫宝珠，是个小伙子，刚好来给啵啵做伴。

宝珠有三个特点，首先是性格，活泼好动，无法无天，像个土匪；二是与人亲近，争宠第一；三是胃口好，特别能吃。由于长得肥嘟嘟，妻的学生给它取了个外号土肥原，很恰当，很典型。与啵啵不同，宝珠叫唤，声音很大，只要不爽，就叫个不停。

按说来了个新伙伴，小弟弟，性格不同，应该能和平相处，谁知道小家伙来了就无法无天，敢于挑战，不惧危险。不仅在家里翻箱倒柜，肆意打闹，而且特别黏人，妻子在电脑前备课，它就执意要趴在人胸口，一动不动，只顾自己喉咙里发出呼呼的声音，特别享受。并且喜欢爬上床，妻睡觉，它就趴在枕头边睡，啵啵的家庭地位受到了严重威胁，这下也受刺激了，宝珠趴在右边，它就趴在左边，妻子床头两边卧了两只争宠的猫，这日子真是让人哭笑不得。本来是怕啵啵一只猫孤单来给它做伴的，结果来了只冤家，需要人来给两只猫当裁判。

很快，宝珠得到了家人的一致亲近，啵啵的地位一落千丈，更加自卑起来，和宝珠的打闹也常常落下风。儿子的堂妹海月每次来撸猫，总是告诉我们要对啵啵好，谁知道她也喜欢宝珠，亲近人的宝珠和高冷的啵啵的"受宠程度"一下子拉开了距离。

不幸的是，宝珠得了猫癣，很快就给啵啵传染了。宝珠饭量大，身体棒，免疫力强，很快就得以康复；啵啵瘦，营养不良，恢复也慢。土肥原四处乱跑的时候，啵啵因要上药浑身多处被剪了毛，如狗啃了一样，东一块西一块，特别难看。

啵啵在这时期常常很忧郁，躲在某个角落里不出来，出来的时候，也常常坐在角落里很失落地望着窗外。早先它还喜欢花，家里有鲜花它总是闻个不停，现在撅个屁股趴在洗脚桶边很丑陋地喝水，给它准备的水它也不喝，让人一下子喜欢不起来。

糟糕的是，啵啵发情了。

它很痛苦，宝珠是个小伙子，可是还不到三个月，啥也不懂，只知道和啵啵厮打。啵啵趴在地上，发出求偶的哀伤的鸣叫，可是谁也帮不上它。土肥原冲上来就是一番惊扰。儿子说，咱们让啵啵生一窝吧，要不然它的人生多不完整。妻说，我们养你都忙不过来呢，哪有精力再养一窝？

家里养了两只猫，打闹不说，要喂要铲屎，一天到晚还争宠。一个发情了，浑身掉毛，家里到处都是毛球球，一个只要不顺心就高声叫唤，一声比一声高，本来养猫是给人解闷呢，现在倒好，成了人的负担。

两个月后，我很认真地和妻谈了一次，让把宝珠给人家还回去。她不同意，说这是学生送她的，她喜欢。这咋能行呢，两人的谈话不欢而散。

儿子没有拉偏架，但他喜欢宝珠，说可以把啵啵送人，被他娘狠狠骂了一顿喜新厌旧。那个时候，他住爷爷奶奶家。爷爷奶奶问他，你爸妈忙啥呢？他说，两人冷战呢，我爸要把宝珠还回去，我妈不同意。这小子，竟然连我们为啥冷战都知道。

没有办法，我甚至说服了岳父岳母给妻子做工作。

架不住软磨硬泡，妻子终于松口将宝珠还回去了。可这俩小孩不同意，海月说一定要爱啵啵，可是听说要把宝珠还回去，立即反对，这只猫性格多好呀，她舍不得。

由不了他们了，生活还得过下去。就这样，千般不舍，宝珠还是给送回去了。

宝珠（土肥原）

啵啵总是很高冷

享受生活

住院期间的啵啵

啵啵又恢复了正常，它仍旧高冷，喜欢好奇，会爬上高高的书柜顶，会爬到我们床头窄窄的棱上，总是和人不冷不热地保持着距离。只有早上起来的时候，它会主动来蹭你的腿，表示它的亲近，你伸手抓它，它总是不太情愿地抗拒。

身上的猫癣好了之后，它不可避免地被送进医院进行绝育手术。

那天我们很平常地把它捉进笼子，手术前医生还进行了现场的讲解，我没有听，对这样的场景有些惧怕。办完手续我们就离开了，之后的事情就是医生发照片，介绍情况给我们。手术很成功，只是打麻药后啵啵的舌头吐了出来，粉红粉红的，让人一下子很心疼。

　　需要住院三天，第一天晚上妻送饭给它，啵啵听到有熟悉的声音在唤它的名字，眼睛亮了一下，就又暗淡下去。医生说，它应该还感觉到疼。看到啵啵收起四肢端卧在笼子里，那表情可怜极了。

　　啵啵住院期间，我们回家感觉一下子不适应了，本来总是有它在迎接我们，现在屋子里空荡荡的，少了些灵气。

　　一下子明白过来，原本不想和它有感情，忽然还是着了道，把它当成了家人。啵啵的手术，一下拉近了我和它的距离。人说所有的生命都值得尊重，尤其是疫情期间陪我们度过的那些个开心快乐的日子。也许，这也是老天派它来照顾我们的，感谢老天，感谢啵啵！

手术后的啵啵

　　从某种程度上说，我们在照顾啵啵，同时，它也在治愈着我们！人世间的陪伴，都值得彼此珍惜！

知行斋记

南校区挑房，妻和我商量，这栋楼只剩三套了，一层、二层、十八层。你想要哪一层？我毫不犹豫地说，二楼。养老房，我们俩都老胳膊老腿了，十八楼太高，二楼回家方便，一楼太低，连个瞭望的机会都没有。

等到装修完，我问妻，我的书桌放哪里？妻说，书房阳台。

看官别以为我受了虐待，被安置在书房阳台一角。实则不是，书桌是我要铺毡写毛笔字的地方，那里铺上毡，就不能乱动了，常年那样。

换橱柜的时候，妻给师傅说，照尺寸给我们做一张书桌。很快桌子就做好了，放在大阳台和窗户的中间，掐尺等寸，刚刚好，我铺上了毡，摆放了我的几支毛笔，一支的后帽都掉了，它们都是书院门张正勇大师手工制作；还把多年珍藏的一块大砚台也摆出来了。但蘸墨的还是我的小砚台，大的刚好可以搽搽笔。人说现在都拿水写了，你还摆这些老物件，我说是拿水写了，可我以前的墨怎么办？再说，墨写还是有感觉不是？

刚毕业的时候，住北关的地下室，那个时候，一张书桌就是我的全部，每天认认真真地抄写《古文观止》，牢记一句话，临笔不能苟，苟是随便的意思。现在想来，那真是一个磨练心性的过程，能让毛躁的心安静下来。毛笔字写一会儿，人的耐性就用完了，就想胡写乱画，就想逃离。现在想来，古人磨性子真是有办法啊。

等到了南郊丁白村，依旧有时间写字，在丁白村租房子住的时候，把一沓白纸装订起来，继续抄写《古文观止》，等到后来搬家，都不舍得扔。

你说写了这多年，应该很有长进吧，非也。说实话，基本没啥长进，我就不是块写毛笔字的料，写字也是要有天分的，需要老天爷赏饭吃，我实在没有这个天分，就只当是磨性子来着。

再后来，搬西大教工楼，新村二十八号楼，地方小到没有地方写字，到了五号楼，在书桌旁给我铺了块毡，算是可以写字了。儿子看我写，也来提笔画画，我那个时候逗他，想把他和他弟换一换，他愤怒地写下"俺不换"几个大字，就是在新五号楼的时候写的，儿子是个和我一样怀旧的人，之后搬离五号楼好久了，他还自己一个人回过五号楼好多次，洒了几滴少年的泪。

再后来，住进桃园新区，书房很小，书桌旁边有张条桌，妻说，你写文章有电脑，你写毛笔字就这吧，算是有块地方了。可是她也搞学问，常常堆一堆资料在条桌上，不许人乱动。加上那几年我工作调整，心情郁闷，也懒得写，就这样，连我写毛笔字的地方也渐渐被剥夺了。

书 房 一 角

2017 年 11 月，领导准备调整频道结构了，吹风会开完，我就感觉自己要被调整去新媒体了。那个时候正是儿子艰难应对高考挑战的日子，每天废寝忘食，我也对未来的不确定性惶惶不安。到了 2018 年上半年，调整果然来了，我去新媒体。儿子还在艰难应战，欠的账太多，他还非常怕老师，每天还要独立自主地完成繁重的作业，我说你抄一下别人的就好了，他不，坚决要自己做，这样把自己搞得很累，常常支撑不住地想睡觉。我的工作也很艰难，应该说，这个时期对我俩来说都非常不容易。

6 月高考刚一结束，我们就搬家了。6 月 8 日晚上我们就不住高新了，我们郭杜的房子两年前就装修好了，但我们夫妻一直陪儿子在高新读书。那天晚上儿子极不适应，说睡起来不知道在谁家。我也不适应，房子大了，不知道去哪个角落里安放灵魂。

很快，我又出现在书院门了。好久没去，那天还挺巧的，遇到穿拖鞋的名人老王，他即关中民俗博物院的创办人王勇超，老兄好久不见，头发也成了"过桥米线"，听我叫他，迟疑地应了一声，已没有了当年的风采。见到了在书院门大门口刻字的山峰，去看了张正勇，买了他几支毛笔和一些练习用的纸，老头更老了，手上的活也不如从前，年轻人都不愿意学做毛笔，老头也是很无奈。嘴不停手也不停，只是已抖得不行，我拿回家的毛笔出现了杂毛，这是以前绝无仅有的事。

那天，在书桌前又铺好纸墨，妻儿偷偷上手被我发现了，但他们的确没有耐心，写了几个字就扔那里了。

住在二楼，落地窗户，外面的人一眼就看得到里边，妻装了个窗帘，早晚我写字的时候听得到外面行人的说话，听得见皮鞋噔噔的声音，听得见布鞋沙沙的声音，开窗户的时候，写着字，时有凉风吹面，写着自己喜欢的文字，感觉特别惬意。我甚至想给书房起名叫草庵。我们小时候，农人看瓜田，总要在地头搭一个草棚，地下悬空，防止动物滋扰，可以在遮挡强烈的阳光，但并不避习习的凉风。有风是最好的，没有蚊虫的叮咬，夜里还可仰望灿烂的星空……

妻说："什么草庵，你知道郁达夫的书房叫什么名字吗？老蒋去台湾，把草山都改成了阳明山。草庵不行，绝不能这么叫。"

老蒋很崇拜王阳明，今年夏天调整工作，我也认真地把王阳明的书看了，"知行合一"对我影响很大。回想生活中，我的一些做法也是知行合一，阳明先生提倡事上练，我们遇事，总是忙慌，有时遇到领导发火，自己也不知道如何应对，这就是没有心理准备的体现。知和行的统一，会让自己迅速调整自己，从而如同水一样，顺势而动，常常会收到不一样的效果。很好，妻说得对，既然知，就马上行。于是，学习老蒋，我把我的书房名字也改了，我叫它"知行斋"。斋是大人们用的，这一年，我就要迎来自己四十八岁的生日了，俗话说，四十七八，头昏眼花，人的衰老从这一年就开始了。杜牧四十八岁的时候写了一篇文章，说他"某今生四十八矣，自今年来，非唯耳聋牙落，兼以意气错寞，在群众欢笑之中，常如登高四望，但见莽苍大野，荒墟废垒，怅望寂默，不能自解"。那是他辞官回到日思夜想的故乡樊川，呼朋唤友，把酒临风喜洋洋者矣的日子。谁知道他写下这段文字一年后竟撒手人寰。看来，为乐当及时，看在蹦跶不了几天的份上，斋就算是冒充，也能博得大家的原谅吧。再者，跨过这两年，年岁都要超过杜牧老先生，也该知天命了，这实在是个让人愈加惶恐的事。

儿子考上了大学，去了遥远的云南；我接棒新媒体，开始全新的跋涉。这一年的知行、喜乐和痛苦悲伤，都将随着新年钟声的敲响而离我们越来越远，所以今年，我写了两份工作总结给 2018，也算是对这个年份的一种尊重，在未来的很多年里，这一年的奋进都将是我赖以自豪的记忆。

书桌的背面，放着一个镜框，镜框里嵌着二爷送我的条幅。二爷叫张振福，是一位书法家，他的字我很喜欢，"天地入胸臆，文章生风雷"。这是对我的期望吧，知行路长，还需加油！

知行斋，是在向阳明先生致敬，向蒋先生致敬，向我二爷致敬。为了一个更好的明天，我们还是要学会知行合一，尽管很难，但只要在路上，就一切都有可能。

2018 年 12 月 31 日广电大楼

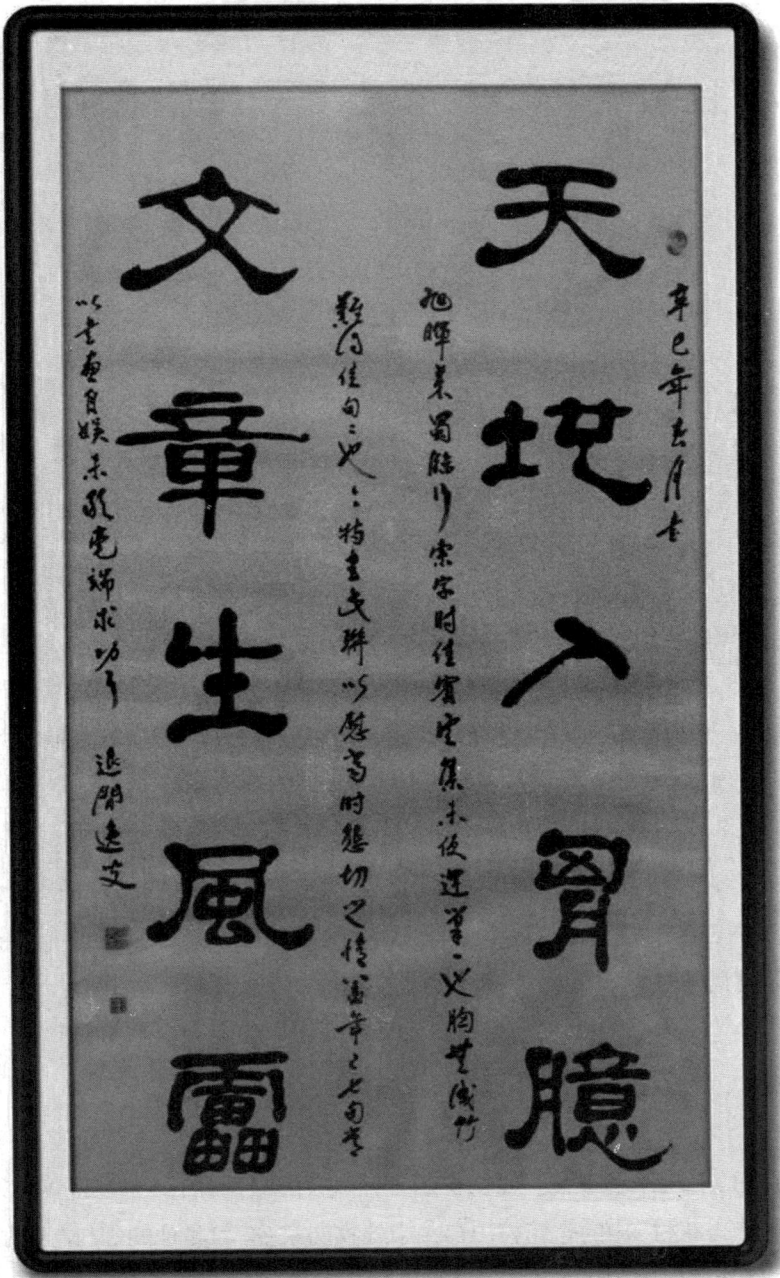

天地入胸臆，文章生风雷

后 来

　　这两年，遇到很多认真读过我书的朋友，常常问我两个问题，一是新书什么时候出来？二是问后来呢？

　　说来有些惭愧，我的前几本书里，写了一些我的好朋友和我自己的一些经历、家乡，以及某些事物的看法，引来了诸多围观，也有不同意我的意见的，我都十分感激。还有几位朋友，看了我对故乡的描写，提出想去我的老家周围走走，实地探访一下。实在不好意思，有机会这个愿望一定要实现，樊川、少陵原、杜公祠、八大寺庙，还有好多地方可以去看看的。下面，我想把大家关心的后来给大家做一个汇报，这也算是人生认知的一个阶段吧，毕竟人生总是在继续，随着年岁的增加，自己的认知层面也不一样，总会有这样那样的一些新思考、新变化。

关于杏花村

　　我的《回望长安》里，首次提出了杜牧《清明》诗中"借问酒家何处有，牧童遥指杏花村"中的杏花村出自关中杜牧的家乡，就是他的邻村"双竹村"。这篇文章写作完成后，起先我去找当时主持《西北大学学报》的刘炜平老师，想以论文的形式发表，毕竟这一论断是一家之言，刘老师看后告诉我说，论文形式太过拘泥，问我愿不愿意发在增刊。思考再三，我把文章转投了《西安晚报》，那一年，这篇文章发表后引来了诸多关注，也引来了一些攻击。攻击我的观点有两种，一是杜牧的"杏花村"本身就是虚指，说是前面开着杏花的村子；二是这首诗南宋才出现，都不一定是杜牧本人所写，说我的观点"穿凿附会"。

央视陕西记者站的哥们张巍看完，替我捏了一把汗，说："你这个观点太大胆了，能这样提出来，就是一个壮举。"我的好朋友马放有一次采访山西杏花村酒厂的总经理，顺便把我的这篇文章转给对方看了，马放后来描述，对方认真看完，默然无以应。我常常回想这样的场景，人不接话一个很重要的原因，就是节气，中国古代的节气是以帝都长安为基准点的，最准确的节气变化也只有长安有，清明时节雨，长安的小伙伴可以脑补。

当然支持我这种观点的人很多，渭南的一位语文老师，就在课堂上把各种观点都摆出来让同学们判断，他比较支持我的观点。

我私下以为，杜牧诗中杏花村可以虚指，就像上面批评者说的，我同意。当然虚指的话，那什么山西杏花村，安徽杏花村，也都是虚指。但如果有，只能在长安，杜牧在长安长到二十三岁，如果他的成长期不在长安，这个观点也站不住脚。还有找杏花村，也一定先在杜牧家乡找，如果他的家乡有，其余地方都退下，没有竞争力。其次，看历史典籍离杜牧最近的记载，唐诗中杜牧家乡的杏花村是首选。在温庭筠的诗中，杏花村就在长安城南，离杜牧的住处很近。写完这篇文章后的几年，我陆续翻看史籍发现，元祐元年（1086），北宋张礼先生在《游城南记》中有明确记载说，牛头寺有地甚平衍，中多植杏，谓之说杏花坪。循着这一记载，我发现这个杏树林持续七百年到了康熙年间还在，《咸宁县志》中记载的明清十二景提到的"杏坪春晓"说的就是这里。从唐末到康熙年间，经历了这么多年岁月的变迁，这些杏花树很多都成了几百年的老树。康熙《咸宁县志·星舆景致》"杏坪春晓"条载："坪在龙堂北坡，地宽平，有杏数百株，人谓杏花坪，又谓龙堂坡，以下有龙泉故也。其上即皇子陂。刘子畏诗：谁植千株近帝城，会招公子醉升平。至今野鸟关关语，似学当时玉勒声。"这个刘子畏是谁，我翻了好多史料，一直没有查出来，想必已经湮灭于浩瀚的历史当中，但要感谢他和他的诗，明确记载了西安城南潏水之北皇子陂南有"杏花坪"。

那么，你会问，后来这些宝贝杏树的遭遇怎么样了？不得而知，没有记载。但有一个惊人发现，这是我们村子里的老人都说不上来的一件事，那就是咸丰年间的县志里明确记载，双竹村是一个村，到了1936年版的《咸宁长安两县续志》中，我们这个村变成了两个，东双竹村和西双竹村。什么时候两个村又变成一个村的。我推算是新中国成立后，两村的分界线，应该以牛头寺为界。还有我们这个村能保存下来，有一个绕不开的话题，那就是发生在清朝年间的那起事件。当然，还是要感谢人家少陵原顶上的皇子陂村村民，在那样一个危险的年代，他们团结一致，在地势险要的皇子陂结寨自保，保护了十里乡亲，早年我就听我爷爷说过这件事。后来，我在《长安百村》里也看到了这样的历史。去年年末，同学喊我聚餐，餐桌上刚好有一位皇子陂村的前村长，我立即郑重地站起来，代表我的祖辈们向皇子陂村致敬，感谢他们祖辈的勇敢，才有了我们的现在。这样的历史真的很少有人知道了。皇子陂埋葬的是秦朝的一位皇子，秦始皇曾封自己的弟弟为长安君，皇子陂现在常写作"皇子坡"，坡南的下面，就是著名的"杏花村"，又叫坡底村。有记载说，这里曾有杜牧读书时的读书洞，民国时期还在，杜牧家的瓜园就在南边不远的潏河边。

不过，有关杏花村的争论我还是会继续关注的，当然，也欢迎持不同意见的人来一起讨论。

祖屋

2016年秋，我和父母一起把先人们留下的祖屋圈回来了，再不圈回来，这里恐怕就成了荒地。父母年纪大了，有些不情愿，我告诉老娘，咱们把祖屋圈回来，我弟的事情一下子就解决了，老娘一听，顿时来了精神。后来果然如我所料，老屋圈回来之后不久，弟弟结婚生子，老娘悬了多年的心终于放下了。

修建祖屋的过程中，有了一个惊人的发现，那就是终于搞清楚了千年古刹牛头寺南轩的地址，就在我家后面的崖畔。我两个姑奶亲口告诉我，小时一遇到下雨，院子后南的土崖上就往下掉土，一挖就有古代的青砖、鹅卵石。我小时候一直疑心那是一座古墓，后来发现那些青砖是一幢建筑的基座，挖掘过程中，还挖出了一个香灰坑，一块残壁，上面的文字赫然有"福昌堂"三个字，牛头寺在宋朝时短暂地被称"福昌寺"，元祐元年（1086）张礼来时，详细记载他游长安城南，就住在福昌寺南轩，这里是福昌寺的招待所无疑，张礼记载南轩墙上嵌有朱公掞题字的壁，现在从挖出来的壁看，和记载吻合。

这个朱光庭字公掞，生于景祐四年（1037），和苏东坡同岁，是北宋哲学家程颢的门人，人生第一次任职是万年县主簿。我挖出来的壁和历史记载一模一样，但这个招待所墙上也可能还嵌有其他人的题字，我不敢贸然下结论，如果真是朱氏的，这恐怕也是很珍贵的历史印记吧。

七叶树

祖屋圈了之后，我姑他们一个劲劝说盖房子。父母不同意，一是没有人回来住，二是两人都年纪大了，折腾不起。于是，我们给围墙边种了一些樱花树、桂树、雪松、银杏和核桃树，另外，院子里还神奇地长出了一棵野生的杏树，尽管歪歪扭扭，但父母还是把这棵树保留了下来。我给王彩玲大姐要了两棵樱桃树，一公一母，有名的狄寨原的樱桃树。拉回来的时候，树干都已经开始脱水，父亲以为活不了，后来发现，人家好像移栽就要这样子的。从小伟南山小五台的地里挖了几棵无花果树，从海山的户县阿姑泉的园子里移回了几株牡丹，有了这么多花草树木，院子里一下子充满了生机。我同学查志健早年在西安勤工俭学，学习绿化，精通植物栽培。他给我移来了几株爬山虎，我想着爬山虎爬满后面的半崖，下雨就不担心滑坡了，谁知道爬山虎还没有爬上去，雨就来了，土块掉下来，直接把爬山虎给"牺牲"了。查同学还送了我两棵孪生的七叶树，七叶树又叫梭椤树，曾经，佛祖释迦牟尼在印度的一棵七叶树下涅槃，所以，七叶树又被看作是佛门宝树。查同学说，他送我的这棵七叶树是唐玄奘法师从印度带回来种在铜川宜君的母树上培育成的。遥想一千多年前，杜牧家少陵原上的九曲池边就种有这种稀有的树种，现在，七叶树又回到了少陵原畔，想想这是多么有意思的事啊。唐时，罗隐写"夏窗七叶连阴暗"时，多少有点显摆，现在回想他站在"赖家桥上滴水边"，和我隔着时空相望，物换星移，时光流逝，清风满袖，伤今怀古，彼此遥遥致意。同样的山水，同样的情怀，巍巍秦岭，逶迤少陵，悠悠滴水……英雄一去豪华尽，唯有不尽眼中青。

　　院子圈好后，老娘立刻撒下了菠菜籽。那一年的菠菜太肥，娘形容说有鞋掌那么大，肉也厚，2016 年的秋冬，光菠菜就吃了不少；再后来，父母种了黄瓜、豇豆角、蒜苗、茄子、萝卜、白菜等，可谓品种丰富，吃不完还到

俯瞰小院

处送人。一年四季，父母每周都回去劳作一会儿，然而再回到韦曲的家里，在自家小院里种菜，累是累点，但很开心，自在。

2020 年修路，就是那条从樊川直通到揽月阁的路，他们叫它上原路，西安最美公路。公路绕开了我爷爷奶奶的坟，以后去祭奠方便多了。公路还刚好修到了东边邻居家，把我们的祖屋绕过了，拆掉邻居家五层的房子，老院子一下子敞亮了，但也没了路。父母回家，总是翻山越岭回去，很不方便。

今年雨水多，比 1992 年下的四十天雨都多，好多地方沉降、滑坡。不远处的华严寺又有多处下陷，方丈宽昌呼吁社会各界帮助寺庙渡过难关，兴教寺后面也滑坡了，常明法师圆寂的小屋前拉起了警戒线，宽显师父说，他来侍奉常明到现在二十年了，第一次见到滑坡。是啊，关中地区多少年没有这样下雨了。

小院生机盎然

娘说，下大雨把咱家的树都下倒了，上面滑下好多土，等雨过天晴，估计还得收拾好一阵子。

215

人物

细算一下,从 2008 年开始积攒第一本书的文章,到现在已经过去了十二年。十二年里发生了很多事,西安修通了多条地铁,四通八达。城市发生了巨变,更洋气了,身处这座城市中,常常充满了幸福感。可是,岁月在流逝,年岁也在增长,看见了生离死别,经历了酸甜苦辣咸,个中滋味,只有自己知道。这也就是我常常习惯看到又不认同的话,感同身受。没有亲身经历过,何来的感同身受?!

看我书的朋友,常常问我,张诚咋样了?张诚脑出血,捡回一条命,成了植物人,他母亲照顾了他几年,后来张诚不幸去世了,很遗憾。我一直以为他还是生病时的样子,希望他慢慢好起来,刚刚问朋友,确认他三四年前已经去世了,让我沉默良久。很难过,诚是个好人,他的乐观、开朗总是让人充满阳光。

王玉龄与儿子张道宇

让人更阳光的还有张灵甫将军的夫人王玉龄女士,2021 年 10 月 10 日,她在上海家中安详离去,享年九十四岁。您说我上本书里没有提到过她,为何要写她?因为熟悉将军的生平,也特别佩服这样一位女性,一直在默默关注着这位老妈妈。守寡七十五年,独自养育儿子张道宇成人,与历史和解,与社会和解,不争论,不偏执,用自己的一言一行在热爱着这个国家,影响着周围人。将军的忠勇、拳拳报国之情不容抹杀,在她的心里,已容不下第二个男人。现在,她去了另一个世界,在那里,将军在等待着自己心爱的妻子,他们团圆了。

我的电脑里至今还保留着这样一段视频,2013 年 5 月,将军 110 岁,王玉龄女士携着儿子张道宇回到了丈夫曾经毕业的黄埔军校。军校的学生得知这对母子就是学长灵甫将军的妻儿时,自觉地站成行,向老妈妈致敬,他们齐声唱起了《黄埔军校校歌》。那一个片段,太感人了。遥想 1924 年,将军也是唱着这首歌跨入校门,后来和众多优秀的中华青年一起,奔向了轰轰烈烈、抗击日寇、保家卫国的战场。听着同学们唱歌,没有伴奏,激越的音符让坐在轮椅上的老妈妈潸然泪下。她是否记起,将军曾亲口唱给她黄埔军校校歌:"携着手,向前走,路不远,莫要惊。"这也是将军给自己爱妻的嘱托吗?现在,他们终于见面了。1945 年,将军在长沙与王玉龄初见,王玉龄回忆,将军在理发馆外透过窗户玻璃放肆地看她,让她很生气。多像《漠河舞厅》的歌曲里那句"晚星就像你的眼睛,杀人又放火",这场景,王妈妈一生有多少次在反复回味啊!现在,白发如雪,"看下雪怎样变老的,眼睛怎样融化。假如你看到我的话,请回过头来去再诧异"。这样扎心的句子,放在这里是多么合适不过。只是现在,他们终于团圆了。对将军来说,这是他幸福的时刻。75 年来,王玉龄女士一直很阳光、努力地向前看,为国家的统一贡献自己的力量。向这位伟大的母亲,伟大的女性致敬!

2018 年 8 月,我的新书《永恒瞬间——咱们的抗战》出版,好些喜欢军事的朋友通过出版社约我,想和我坐坐,一起聊聊那个炮声隆隆、大家热血报国的时代。也可能是自己出身记者的原因,我看到的是很多人容易忽视的鲜为人知的历史细节,所以想和我坐坐。说实话,工作一直忙,也一直未能如愿,只有几位警察朋友,偶尔坐下来听我吹牛。这些年看的书不多,思考

小伙伴新书见面会

很多，一直苦于没有时间写，这确实是个很痛苦的事。

对，还有人老问我肖老师后来怎么样了。肖老师是我的好朋友，他是一个特别专注的人，前些年拍了一部纪录片《过河》，讲述咸阳古渡口上最后的摆渡人，获得了中国纪录片大奖"金熊猫奖"。这个片子影响巨大，后来央视的很多栏目编导邀请他，一起参与制作了多部有关陕西地理的纪录片，贡献巨大。和他在一起聊天，说得最多的还是纪录片的镜头，拍摄的时间和要求，稿件的写作和一些评论的出处，非常严谨。和他聊天，感觉我这些年一直是个傻子，业务上没追求，工作上浑浑噩噩，都是混日子来着。

肖老师爱孩子，和我的儿子是好朋友，我儿子常常告诉我说，肖禹叔叔结婚一定要告诉他，不管他在哪里都要来参加肖禹叔叔的婚礼，我们答应了。顺便报告大家一个好消息，肖老师要结婚了，对他的朋友们来说，喜大普奔。希望来年，他会有自己的虎宝宝。

感悟

序言中说了，人生每个阶段都有每个阶段的风景，也会有每个阶段的烦恼。我是一个钝感力很强的人，很多事情在参与中就反应特别迟钝，过了好久才会醒悟过来，哦，原来那样。有个段子就是说我，挨了打，过了好久才哎哟。

自打做了新媒体，和原先的电视不同，电视播过去了，有错也是一念间，人不太会计较，新媒体白纸黑字，重走报纸的老路，有错就无限放大了。这两年，受到的处分无数，钱也被罚了个美，感觉每次处罚不仅没有疲，反倒成了惊弓之鸟，越做胆越小，越做脾气越暴躁，焦虑，做噩梦，更别说静下心来写文章。不上班，坐在家里就心慌，反而到了单位，才会心安理得，躺在办公室的简易床上，睡得比家里都安稳。最怕领导半夜打电话，那电话声一响，真是心惊肉跳，这样的感觉就像蹦极，太刺激了。

当时只觉得这就是新媒体工作的日常，后来我反应过来了，敢情我们这是重走报纸当年的老路啊，怪不得人家说电视台人没文化，报纸但凡出点错都是白纸黑字，无法抵赖，现在我们也来补课了，但凡有错，截图，想赖都赖不掉。老人们说，做得多，错得多。传媒电视一天才发多少，新媒体一天三四百条，十倍起跳，不错才怪。好在，大家吃一堑长一智，这些年加强教育和审核，我们基本把报纸做了几年的工作在短短的两三年时间补回来了。这是一个巨大的进步，单从这项工作的进展上看，事业整体前行了。可是，我就迟钝地做了好多年，直到近来才想明白，可是，向谁讨回被罚的款呢？

今年十四运，组织大家编乒乓球比赛的稿件，注意到了世界冠军刘诗雯。乒乓球单打比赛，想闯入决赛，那是一场都不能输，输一场都出局。高手过招，有时候拼的还不是技术，而是心理素质，心理崩了，再高的技术都白搭。所以，每一位乒乓球冠军，首先要面对的心理关就是想赢怕输。刘诗雯在一次采访中说，这么多年来打比赛，更多的是过心理关，后来输多了，她自己也想明白了，一个人，如果你不能接受输，那你也不会赢。

这是她总结的人生经验，对我来说醍醐灌顶。说得真好，对我的指导意义也特别大。这些年，一直在犯这样那样的错，一直在接受这样的那样的批评，一直处在惊恐之中，不能接受输，不能接受错。殊不知，干这样的工作，又怎能去避免呢？

仁清法师告诉我，每个人，刹那间，都在用自己的身、口、意，编织着仅属于自己的未来。说得真好！一个人处理不了现在的困苦，就不能迎接光明的未来。

马龙输给樊振东，接受采访时他说，我尽力了，结果我接受。

这是一个逻辑链，从理论指导实践，这一天，我理顺、想明白了。

后 记

今天下午刚午睡醒，看到一位老朋友发来的微信消息。

是李建民，他早年是建设银行一位负责宣传的干部。他从事文案工作多年，具有很多文字工作者们共有的癖好，爱读书、嗜烟、好酒。

李先生与我交往飘忽，如同坡公的忘年好友吴复古。多年不见，偶尔一个短信电话，然后又消失不见。忽然一天，又从人群中跳出来跟我打个招呼。

我手机里一直保存着他发我的信息，过年过节常规问候。看到我的文章感动得流泪，写下自己的感受发给我。

今天他说，看完了我的三本书，询问我近来还有没有新作。

说实在的，李建民先生是属于那种特别能激励我的好朋友。看似不经意的问候，总是让我从颓废中振作。早年读贾平凹先生的一篇文章，说写一本书就把一个人掏空了。那是一种彻底放空又心慌的状态，忽然觉得自己啥都不懂，怕见人，怕和人聊天，胆小害怕又敏感，莫名其妙地自卑。好朋友相聚，在他人跟前介绍我出了三本书时，我总是很惶恐，冒汗，感觉干了件天大的错事，被人扒光了衣服给别人看，无地自容。

这两年，也常有人问我新作何时出来，我都抱歉地说没有。其实零零散散地写了一些，没有收集，我在等待时间给我答案，没有恢复到正常状态，写下的东西也感觉轻飘飘的。还有一点，写作之后的巨大空虚感也一直没有被填满。所以，我需要更多的时间去思考和努力。这些年经历的事，也需要进一步梳理和反思。

我的恩师张奇先生也曾善意地提醒我，我的文字有些冷清，缺少烟火气，沉重，不似马放同学的文字温暖热情，建议我要轻松活泼，不必过于拘谨。小马说，如果我们的身体必须中规中矩，那么请允许灵魂摇滚起来。是的，我也曾努力改变，但总觉得四不像，语言风格一旦成形，改变起来是件非常困难的事。

我的好朋友金军利先生是个非常爱看书的人，一本《白鹿原》他看了七遍。他爱思考，喜欢研究、琢磨很多事情，他对我说要写不出陈老那样伟大的作品，就不要写。但我还是爱写，这也实在没办法。大人物有大人物的格局、深度，小人物有小人物的喜怒哀乐，我从不因为自己的作品没人看就放手，我手写我心，至少是我自己思考的结果和真情的流露。

没有思想的文字，软弱无力，给大家读来也是无益的。所以，我也不打算为了大家的问候而去应付，我不是一个有才气的人，我这一次被掏空的巨量空间也让我意识到我的差距和浅薄。还好，我有自知之明，也不会把自己放到火上去烤。所以，我也有足够的耐心去准备。我最渴望出的两本书，一本是我的《正行2》，一本是准备写的以唐朝历史为主的《回望长安2》。每个人的人生都是精彩的，是与他人不同的，我眼中的唐朝历史也一定是你们没有读过的。

谢谢大家，给我时间，我也会在慢慢的生活中感悟人生的美好、内心的纯净。

再次感谢李建民先生，孤云野鹤的我们也时常需要鼓励和慰藉。也许我们选择的生活就是这样，我们也要这样纯净自然地享受生活。

殷勤昨夜三更雨，又得浮生一日凉。

作 者

2020 年 7 月 29 日